U0080985

野獸少年的報恩

顧明珠
出身低下的世族庶女，
為了擺脫庶女的身分而刻苦努力，
對外溫婉可人，醫術超絕，
有「京城明珠」的美譽。
—零貳—

聶清遠
顧晚晴曾經的未婚夫，
沉默內斂，具有良好的克制力，
卻屢屢為顧晚晴破例，並不求任何回報，
甚至從不開口讓她知道自己所做的一切。

目錄

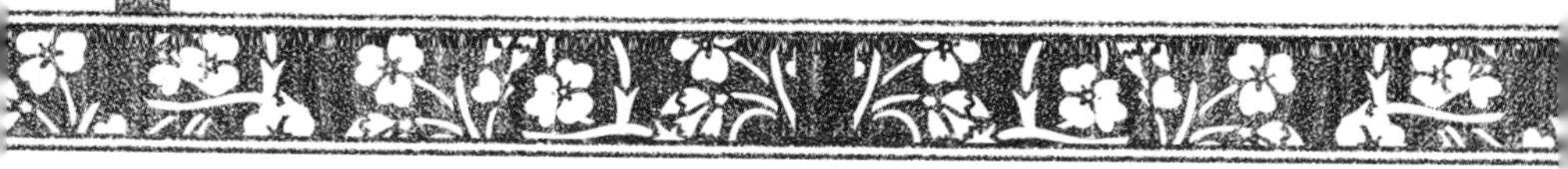

第二十七章

【陷阱的功能】

顧晚晴回到葉氏夫婦身邊已有半月了，可她還是想不通，面對顧長德時，她的超能力怎麼就沒了呢？

如果她根本沒有什麼異能，那有肺病的孩子和有心疾的傅時秋，他們怎麼會突然好轉？那時自己感覺到的痛苦又是怎麼回事？

她甚至仍然清晰的記得那痛苦消散時的輕鬆感，絕不是什麼幻覺！可是……

如果她真的有異能，她現在怎麼使不出來了呢？

無論是半個月前在顧長德面前的失手，還是回到千雲山後為葉昭陽治療咳嗽失敗，她的手心都沒有一點發熱的感覺。

看來她是想做天醫想瘋了。

剛想到這裡，籬笆外傳進一個少年的聲音：「姐，妳看這是什麼！」卻是葉昭陽跟葉明常回來了。

自從顧晚晴在拾草堂大發神威後，葉昭陽便徹底投靠了她，平時看顧晚晴的眼睛裡都帶著小星星，覺得她是個除暴安良、懲惡揚善的超級偶像。為此，顧晚晴偷偷感嘆，原來改變印象這回事也挺簡單，為他出頭、保持戰線統一就對了！

此時，葉昭陽手中拎著一隻兔子，獻寶似的就給顧晚晴送來了。

顧晚晴極為驚訝，雖然她幫葉明常上山送飯時也常見到遠處有野兔經過打醬油，但她沒想到葉明常還有打獵的本事。

葉明常在旁道：「山上不是有個大陷阱嗎？昭陽削了許多竹尖埋在裡面，今天這兔子掉下去就沒上來，咱們晚上能加菜了。」

山上的確是有個陷阱，不過四周的泥土被雨水不斷的沖進坑裡去，造成坑口過大，深度也不夠了，所以有些野兔什麼的小動物掉下去很容易就能竄上來，根本一點陷阱的功用都發揮不出來。沒想到倒被葉昭陽廢物利用，派上了用場。

「我下午去把那些竹片固定在架子上，等我走了，爹你就不用每次都下去埋竹片了。」葉昭陽往後會在天濟醫廬寄宿學習，在家裡待不了幾天了，「姐，妳和我一起去吧？」

顧晚晴也想見識見識葉昭陽的手藝，自然答應，等一家人吃過飯後就隨葉昭陽去了陷阱那裡。

葉昭陽的手藝果然不錯，竹片削得極銳，綁在竹架上墊在陷阱底部，又在竹架上拴了繩子綁在一旁的大樹上，方便拉起竹架。

這陷阱倒還真有用，往後幾天裡居然真的又逮住了一隻兔子，於是顧晚晴正式將巡視陷阱定為每天必做的工作之一，每天幫葉明常送完飯後，就會轉到這裡來守坑待兔。

當然，這是好消息，也有不好的消息。葉明常的試驗田正式宣告失敗，移植的那些草藥在第十二天頭上就紛紛表示壓力很大，相繼變黃枯萎；到了第十五天，沒有一株是活的了，一點也不辜負這裡「半月荒」的稱號。

這現象不止讓葉明常愁眉不展，顧晚晴也覺得奇怪，因為千雲山上並非沒有植物，相反，一些樹木雜草還生長得十分茂盛，可見這裡的生態環境沒有問題，有什麼理由種什麼死什麼呢？

顧晚晴剛幫葉明常送過飯，此時走在回程路上，不斷的琢磨這事，又朝陷阱那邊走，看看有沒有收穫。她昨天在陷阱裡放了幾塊熟兔肉，期待吸引一些更大的、食肉的、除了兔子以外的動物。

顧晚晴順著山路往上走，沒一會便見到那個大得過分的陷阱。

基於對自己撒下的那幾塊熟肉誘餌的信心，顧晚晴靠近前便撿了一根粗枝做武器拿在手裡，以防真的有什麼食肉動物掉在裡面。可她越走近陷阱，卻是失望，目光所及的陷阱裡空空的，什麼都沒有，看來她那幾塊肉……

不對！她扔的肉呢？

顧晚晴清楚的記得那幾塊肉的分布方位，可現在那裡除了帶尖的竹架，空空如也！

也在這時，顧晚晴聽到陷阱內，靠近自己這邊的盲點處「咕嚕」的響了一聲。

顧晚晴立時警惕起來，抓緊手中木枝緩緩繞到陷阱另一邊去，當原來的盲點處一點點暴露出來後，顧晚晴不由呆了一呆。

貼著陷阱的內壁，一個長髮散亂，周身只圍了一塊獸皮的……人，蜷在那裡。

第二十八章

【野人？野獸？】

不得不說，這個人猿泰山的造型很拉風，不過，顧晚晴看著他，記憶中的某個片段緩緩浮現出來……就是他吧？上次那個「野人」，襲胸的那個。

其實顧晚晴上一次並沒有看清他的樣子，現在仍是如此，他的容貌被散亂的頭髮遮掩了大半，根本看不出什麼，只是這造型實在太前衛，特別到應該沒有人想去模仿嘗試。

顧晚晴略略拉高聲音，叫了一聲「喂」，便見那野人彷彿受驚一般猛然睜開眼睛，身體同時蜷得更緊，極為警惕的模樣。

顧晚晴見他剛動了一下，就又動也不動，不明白對方是什麼意思，她便更緊張的張望著。只見那個野人周身髒兮兮的，身上有多處傷痕，看起來像是被竹片刺傷的，最嚴重的是他小腿上的一個傷口，血糊糊的一片，顯然傷得極重。

「你不要動，我先把機關拉起來。」

顧晚晴回頭想找綁在樹上的繩子。本來那繩子另一邊綁著竹架，以方便將竹架拉出換竹片的，可現在只有半截繫在那，看那斷口處毛糙的樣子，像是被大力硬扯斷的。顧晚晴又找了找，果然在陷阱裡看到了那另外的半截繩頭，想來是這野人急著上來便拉了繩子，沒想到繩子斷了，大概也因為如此，他身上的傷才會這麼重。

顧晚晴本來也是想利用這繩子拉他上來的，此時這想法落了空，便把手裡的那根粗枝遞下去，「來，我拉你上來。」

樹枝伸下去，那人卻沒有動靜，只是審視著樹枝。顧晚晴用樹枝拍了拍他，他立時縮成一團朝陷阱另一端滾去。這一動，似乎又碰到傷處，疼得他直咧嘴，可他始終沒有發出一聲痛呼。

「我沒有惡意。」顧晚晴又追到陷阱另一邊，同樣把樹枝遞下去，沒想到那人竟又躲開了。反覆追了幾次，那人腿上的傷口滲出血來，蹭得陷阱裡處處血跡。

顧晚晴急著勸了他幾句，可他就像聽不懂一般，一味的躲避。而顧晚晴最先聽到的那種詭異的「咕嚕」聲還是偶有傳來，聽起來是他肚子在響。

「你餓了？」顧晚晴實在沒力氣和他玩你追我趕的遊戲，也不忍心看他再這麼辛苦的躲避下去，氣喘吁吁的站起來，「我先給你找點吃的，再回來幫你看傷口，你可別亂動啊！」

顧晚晴簡單的交代一句就轉身走了，她快步奔向藥田方向去叫葉明常幫忙，不過等她到了那裡，葉明常卻不在田裡，只留下她送來的食盒，食盒裡還剩了大半個糙面饅頭。

顧晚晴喊了幾聲，也沒得到回答，再看原來放在樹蔭下的藥鋤與竹筐都不見了，想來葉明常是到山中挖植物做研究去了。

又等了一會也沒見葉明常回來，顧晚晴便拿起那大半個饅頭又返回了陷阱旁邊。

她離得遠遠的就聽到陷阱裡有響動，快步奔過來看，卻是那個野人正努力的攀著陷阱內壁想爬上來，只是現在的陷阱被葉昭陽重新挖深過，那人身上又有傷，所以他一次次的跌下去，可他還是堅持復又著一次次的往上爬。直到他發現顧晚晴，才又慌亂的縮成一團，又恢復成原來蜷曲著的狀態，無論顧晚晴怎麼叫他，他就是不抬頭。

顧晚晴把那個饅頭扔下去，正落在那人身邊，可那人就是一動不動的。顧晚晴也沒招了，想了半天，把自己的腰帶解下來垂到陷阱裡，她就抓著腰帶的一頭蹲在陷阱邊上，也不喊他了，靜靜的等著他的反應。

也不知到底過了多久，那野人試探的抬頭看了一眼，見到顧晚晴的時候，他顯然嚇了一跳，似乎以為顧晚晴應該走了，不應該還在這裡一樣。

顧晚晴也看清了這野人的模樣，那是一張極為年輕的面孔，幾乎與她一樣年輕，頂多十六、七歲。他的面孔與身體一樣是古銅色，一樣沾滿了汙泥，可遮掩了臉龐卻因此讓他的眼睛顯得更加生動，那雙眼睛極亮，像天上星芒；黑白分明，像兩色雲子。

對著他戒備的眼睛，顧晚晴心裡生出許多疑惑，比如他為什麼會是這副樣子？又比如他年紀這麼小，父母在哪裡？難道這山裡有一個野人之家不成？

腦子裡雜七雜八的想了一堆，身體一直保持著原來的姿勢，顧晚晴沒有動彈，也沒有說話，就那麼與他對視了半天。

終於，那野人動了動，試探的碰了下腰帶，又急速的縮回手去，眼睛緊盯著顧晚晴。

顧晚晴始終一動不動的，那人試了幾次，最後一把抓實了腰帶就往上爬。

顧晚晴馬上朝反方向使力死拽著腰帶，以防自己被他拉下去。好在他不重，身手又很靈巧，在手掌攀住地面的時候他就放棄腰帶自己竄了上來，可饒是如此，顧晚晴還是累得直喘粗氣，直接坐到地上。

而那人竄上來後立刻跳到稍遠的地方與顧晚晴保持距離，目光也沒有一刻離開她，極為警惕的模樣。顧晚晴直到這時才將他仔細的打量了一下，他的身形偏瘦，四肢與小腹上都可以看到清楚的肌肉線條，卻又不會過於誇張，配合他古銅色的肌膚，簡直給人一種視覺享受。個頭嘛，應該比她高一點，可他的站姿十分奇怪，似站非站，似蹲非蹲，後背弓起，膝蓋彎曲著，看起來倒比她矮上許多似的。

他一直保持著那個姿勢，身上的肌肉繃得極緊，蘊滿了無限的爆發力，像是一隻隨時可以撲向

獵物的……野獸。

他明明是人，顧晚晴卻從他身上感受到了野獸的氣息，不只是他的站姿，還有他現在發出的低沉「嗚嗚」聲，就像受了威脅的野獸在驅趕敵人一般，而他黑亮的眼中，始終帶著一種極度的警惕戒備。

他慢慢的後退，身子也越來越低，最後竟像動物一樣四肢著地，低吼了一聲後扭頭竄出，速度很快，顧晚晴覺得，如果不是他的傷腿拖累，他會更快的。只是……

顧晚晴很想說……

兄弟……能不能別跑得如此拉風？

她還很想說……

兄弟……你的獸皮裙歪了……

她更想說……

兄弟……你的小兄弟露出來了……

第二十九章

【受驚嚇了】

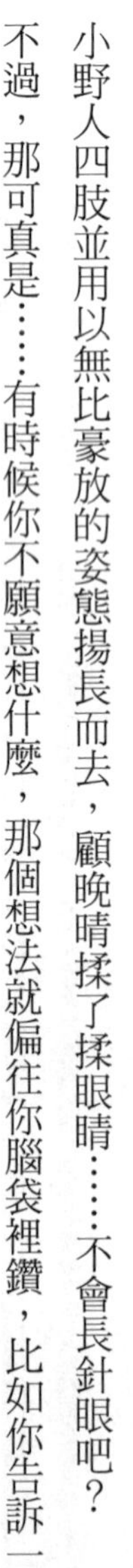

小野人四肢並用以無比豪放的姿態揚長而去，顧晚晴揉了揉眼睛……不會長針眼吧？

不過，那可真是……有時候你不願意想什麼，那個想法就偏往你腦袋裡鑽，比如你告訴一個人不要想那大象，那麼那個人在想什麼？答：大象……

顧晚晴囧囧有神的回到山下茅屋時，葉顧氏正用竹子做籬笆，打算過幾天去集市上買幾隻雞雛回來養，見了她的樣子擔憂的道：「怎麼了？臉色很不好。」

顧晚晴馬上擺手，並主動聊起養雞的事情，不讓葉顧氏有機會細問下去。

當天晚上，葉明常回來的時候還奇怪的說他丟了半個饅頭，顧晚晴也假裝沒聽見，這件事，囧囧的來，就讓它囧囧的去吧，她不想回憶了。

之後，顧晚晴仍是幫葉明常送飯，每天也還是會去陷阱地邊看看，不過再沒看到小野人的身影了。

就這麼過了幾天，顧晚晴早起早睡的，每天過得也挺充實。這天半夜的時候，迷迷糊糊的隱約覺得身邊有響動，她以為是做夢，翻了個身便又睡了，直到第二天早上，她實在忍住不住的睜開眼睛。

到底是什麼味？又腥又騷的熏了她大半個晚上，她一直以為是夢，可這味道也太真實了。

顧晚晴睜眼的時候是面向床鋪內側，此時轉頭去尋找味道來源，剛一轉過來，臉頰便挨上一個毛茸茸的東西，她嚇了一跳，連忙坐起身與那東西拉開些距離，等看清了那是什麼時，她的心猛然一提，極懼的驚呼衝口而出！

她的床上，就在她的頭旁邊，直挺挺的躺著兩隻死兔子！那兩隻兔子身上還沾著一些血跡，她聞到的味道，正是由這裡發出！

顧晚晴大叫了兩聲，手腳並用的滾下床去。

這時葉明常與葉顧氏聽到她的喊聲衝進房來，見到這樣的情景也是極為恐懼。葉明常壯著膽子上前把那兩隻兔子拎起來丟到地上，又盯著牠們看了一會，並沒有什麼別的事情發生，他又四顧看了一下，突然朝著沒關的窗子大喊：「昭陽，是不是你回來嚇你姐姐！」

顧晚晴驚魂不定的也朝窗外看去，可哪有什麼人？況且她也不認為葉昭陽會做出這樣的事，他雖然之前對她有敵意，但還是講究分寸的，而且他早已歸順組織了，不可能是他做的！

「會不會是……」葉顧氏的臉上湧起一股憤慨之色，「會不會是顧三兒那些人懷恨在心，半夜跑過來搗亂？」

葉明常一聽，臉色就沉了下去，如果是真的，那就不只是故意嚇人這麼簡單，顧晚晴是雲英未

嫁的姑娘，半夜讓人潛入房間，這種事要是傳出去，她的閨譽將會毀得丁點不剩。

「不要胡說！」葉明常緊抿著嘴角想了想，與葉顧氏道：「我這就去拾草堂那邊看看，妳在家陪著晚晴。」

相處了這麼久，在顧晚晴的堅持下，她直接以「爹、娘」來稱呼葉氏夫婦，而他們則叫回顧還珠原來的名字，晚晴。

葉顧氏連忙點頭答應，不過神色間的忿然愈來愈重，「如果真是他們，我……我……」她終是沒說出她會怎麼樣，不過，她的神態比任何言語都更能說明一切。

顧晚晴的情緒在經過短暫的驚恐後慢慢的平復下來，其實想開了也沒什麼，兩隻死兔子而已，她還拎過死兔子呢，只不過在毫無心理準備的情況下發現那種狀況，驚懼被放大了無數倍。

「娘，我真沒事。」顧晚晴還得反過來安慰葉顧氏，她那樣子，很想找人拼命似的。

葉明常去了大半天，下午的時候趕了回來，帶回一個不知是喜是憂的消息。

「我去打聽顧三兒他們的消息時，顧大管事跟我說，那個綠柳姑娘來找過他，說想來向妳當面道歉，那幾個小管事的家眷也有這個意思，想請妳幫他們在二老爺面前開脫開脫，別就此丟了差事，我只說回來問問妳的意思。但由此看來，他們是還想在顧家待下去的，他們受過一次教訓，應該明白妳出了事他們的嫌疑最大，所以未必是他們所為。」

顧晚晴也覺得葉明常所說有理，不過她剛剛受了驚嚇，實在沒心情去接待那些來求情的人，便要葉明常先不要去答覆他們，等過了這段時間再說。

不過，恐怖的事又來了，如果不是顧三兒他們，那會是誰？誰會大半夜的弄兩隻死兔子丟到她床上？顧晚晴怎麼也沒有頭緒。

葉明常也很不放心，到附近的村鎮買了兩條狗回來拴在門口，又一連幾天待在家裡沒有上山，葉顧氏也每天陪著顧晚晴一起睡，生怕她再有閃失。

就這麼過了七、八日，怪事沒再發生，葉明常與葉顧氏這才放鬆了些，葉明常又開始上山做試驗田，不過這回送飯的換成了葉顧氏，顧晚晴就留在家裡，和兩條狗一起看家。

這日，葉顧氏又去幫葉明常送飯，顧晚晴坐在院中擇菜，快到正午的時候，她正想幫兩條狗弄點吃的，突然覺得牠們很煩躁似的不停轉圈，又不停的掙著拴著牠們的繩子，而牠們掙扎的方向，正是顧晚晴的臥房。

顧晚晴的心立時「怦怦」的跳個不停，她緩緩的、悄無聲息的往院外退，出門時迅速的解開了

那兩條狗的繩子，自己也抄起一根木棍守在門口。

那兩條狗高吠著朝顧晚晴的房間衝去，沒費什麼力氣就扒開了房間的門，竄到屋子裡去。

顧晚晴只聽屋內狗聲狂吠，緊張的握緊了手中木棍，正猶豫著是該摸過去看看，還是該上山去找葉氏夫婦的時候，兩條狗的吠聲漸漸停歇，沒一會，其中一隻從房中跑出來衝著顧晚晴直搖尾巴，有點邀功的意思。

難道是搞定了？

顧晚晴勇從心頭起，拎著木棍就衝到門口，為了謹慎起見，還是先探頭看了看……這一看，目瞪口呆了。

屋裡的木桌上又放著兩隻兔子，與上次不同的是，這次的兔子是活的，好像是被折斷了腿，所以癱在桌上動不了。

顧晚晴真想去她家水缸裡看看，難道她家出了專抓兔子的田螺姑娘？簡直出鬼了啊！

這個房間除了房門，就只有窗戶可以出入，可自從出了上次的事後，葉明常就把她的窗戶釘死了，雖然這樣很熱，但起碼安全一點。可現在呢？窗戶還好好的釘著，那麼……

顧晚晴很快被地上的幾根茅草吸引住了目光，心有所悟的緩緩抬頭……

還行不行了?她的房間被開天窗了……

到底誰這麼無聊?開個天窗只為扔兩隻兔子進來?正當憤慨之際，她的目光又不動了。

她發現，她的床鋪上，印著一個極為清晰的泥腳印，沒穿鞋的，五個腳趾清晰可見，她突然福至心靈開竅了，一個身影清晰浮現在她眼前……

莫非是……豪放哥光臨了?

第三十章

【綁架】

顧晚晴有點弄不明白了，研究了一會那個黑腳印，確認自己並不認得另一個不穿鞋的人，這才鄭重的思索起來，這些兔子……到底是幹什麼用的呢？

野人兄費盡力氣又是跳窗又是上房的……顧晚晴再次看了看頭頂的天窗，他到底是怎麼上去的啊！

不不，關鍵是他的用意是什麼？

為了嚇她？好像不是，如果只是想嚇唬她，還弄什麼死兔子啊，他自己出來就夠嚇人了。而且今天的兔子沒死，只是斷了腿。

顧晚晴抓起一隻兔子看了看，這隻顯然還是一隻幼兔，淺灰色的皮毛，眼睛黑亮黑亮的，讓她想起了小野人的眼睛。

看起來很可憐啊，還不如那兩隻死兔子。

當然，那兩隻死兔子他們沒敢吃，怕有人下毒。

難道……

顧晚晴靈光一閃，難道他是想讓自己也救這兩隻兔子？

雖然對方給她的感覺像是野獸，但說不定動物間也會相互幫忙啊。

顧晚晴越想越對，不過看著這兩隻小兔子犯了愁，她哪會接骨啊？還是等葉顧氏回來再說吧。

顧晚晴抱著兩隻兔子走回院子裡，想找個地方把牠們放下，心裡想著，如果治好了留下來養也不錯，到時候大兔生小兔……就是不知道是公是母，要是這兩隻都是公的，那就基情四射了。

正想著，顧晚晴忽覺手心中又傳來一股熟悉又陌生的熱度。顧晚晴驚呼一聲，當即站穩身子，一動也不敢動，直到確認手中的熱度與手臂中灌入的濁氣與前兩次相同，她才極喜的放下兔子，再看那兩隻兔子，腿骨雖然仍是斷的，不規則的歪向一邊，可牠們的狀態明顯比剛剛好了許多，開始小範圍挪動，不再像之前那樣死氣沉沉了。

顧晚晴不可思議的看著自己的雙手，好一會才緩過勁來，馬上去接了一盆清水，把雙手浸在水裡，不過，是不是應該唸點咒語什麼的？

病毒病毒快出去？還是賜與我力量吧？

正胡思亂想的時候，一股清涼的氣息已襲入她的手心，接著，那盆清水眼見著混濁起來，不過程度不嚴重，想來是因為她並沒有徹底治好兔子的原故。

顧晚晴這次是確信自己有超能力了，只是她的能力很不穩定，有點像段譽的六脈神劍，時靈時不靈，可能還講究什麼意隨心動這樣的深層奧意。不過，這已經讓她萬分興奮了。

重新走到那兩隻小兔旁邊，顧晚晴就地坐下，閉上雙眼努力使自己的思緒放空，當她的狀態達到最為平和的時候，她伸手輕輕握住了一隻兔子的後腿。

好起來……好起來……

手心驀然發熱起來，顧晚晴頓時激動不已，可隨著她情緒的波動，熱度又猛然消散。

看來心情很重要！

顧晚晴又換了一盆清水放在身邊，專心的研究異能的引發關鍵，雖然還是時靈時不靈的，但漸漸的她也摸索出一點規律。比如手心直接貼在兔子的斷腿處時，比貼在牠的頭上吸出的熱度要大，而紅腫處眼見著消了，骨折的地方她卻有一種後力不繼的感覺，總覺得她應該是可以吸取更多熱度的，可是她的動力不夠強。大概再多練習一段時間，會有進步吧。

而隨著她吸取的熱度越多，她身體的不適症狀也開始加重，直到將手浸到水中釋放「病毒」。後來她乾脆一手治療兔子，一手浸在水裡，雖然手心還是會感受到熱度，身體卻不會再有沉重的感覺了，這個發現又讓她興奮不已。

她就這麼一直研究到葉顧氏回來，異能靈與不靈的比例大概在三七之數，那兩隻小兔的腿傷已大為好轉，只是骨頭還是斷的，還是需要包紮才行。

葉顧氏進門就看到兩隻兔子，嚇了一跳，連忙抓著顧晚晴詢問，顧晚晴不想她太過擔心，就把自己的猜測說了出來，結果葉顧氏聽說這山上有野人，更害怕了……

到了晚上，葉明常回來後，葉顧氏第一時間通報了野人的消息，葉明常沉吟半晌，「如果他沒有惡意的話……」

葉顧氏立時打斷他：「那可是野人，你知道他什麼時候發狂，什麼時候吃人？」

顧晚晴與葉明常紛紛無語。

喂喂，那是野人，不是食人族好不好？

最後，基於葉顧氏的過度反應，葉明常決定明天就到鄰村去找獵人入山試著追捕野人，顧晚晴也被勒令行走坐臥都必須和葉顧氏在一起，就這，葉顧氏還憂心忡忡的說：「要不，妳回顧家大宅去住吧。」

顧晚晴當然不會同意，雖然她也想用事實讓顧長德相信異能這回事，但有了上次的教訓，她不得不謹慎。如果再不靈一次，說不定顧長德會把她關到小黑屋隔離起來，若干年後有人靠近那裡時都會被勒令保密，再神秘的追加一句：「這是顧家的六小姐，很早就瘋了……」

所以說，現在的首要目標是練好異能！

於是顧晚晴又與葉顧氏同起同臥了，葉顧氏力求讓自己連睡覺都保持警醒，可惜，保持了幾天晚上後，實在撐不住了，就在沒保持住的那一天，顧晚晴失蹤了。

顧晚晴一直在想自己是怎麼從葉家出來的。

要知道，當時不僅有葉顧氏在她身邊，葉明常也在房門外打了地鋪，房頂的天窗早就被修補好了，還做了加固和倒尖刺處理，如果有人上去，肯定第一時間被扎下來。

但事實就是如此，雖然重重防護，顧晚晴還是出來了。

她猜想自己現在所在的地方應該是千雲山的深處，這裡所有的草木都生長得十分高大，一點人跡也沒有，清晨的陽光自繁茂的枝葉間點點灑下，很有一種幽靜之意，而她就在一棵約莫有三人合抱那麼粗的大樹下，身子底下是不知揉和了多少腐葉的黝黑土地，鬆軟而極富彈性，簡直比她家裡的床鋪還要舒服。

顧晚晴四下環顧了半天，高聲喊道：「喂，有沒有人？」

這一聲驚起不少蟲鳥，就是沒有人。

顧晚晴喊道：「你不出來我可走了！」

把她帶到這種地方看風景，除了野人兄，她想不出還有誰有這種閒情逸致。不過她也十分警惕，雖然身體並沒有不適的感覺，但她幾乎可以確定自己是被下了某種藥物，不然把她從家裡搬出來又走了這麼遠，她不可能一無所覺。

一個會下藥的野人，是什麼概念？或許不應該真的把他跟野獸混為一談的。

第三十一章

【豪放哥的禮物】

連喊了幾聲也沒有回應，顧晚晴正打算放棄的時候，忽然聽到窸窸窣窣的聲音，跟著便見半腰高的草叢輕動，一個黑影竄了出來。

顧晚晴驚呼一聲躲到大樹後頭，探頭來看，四肢著地停在她身前七、八步開外的，正是此次綁架事件的實施者，豪放的野人兄。

雖然顧晚晴已經有了心理準備，可看到他時仍忍不住退了兩步，不是因為他的獸皮裙歪不歪的問題，而是……他的嘴裡，居然咬著一隻兔子。

顧晚晴頓時覺得胃裡有點翻騰，難道第一次的那兩隻死兔子都是被他咬死的？他送兔子的目的，根本就不是想讓她醫治？

正在這時，野人兄動了，他緩緩的爬向顧晚晴，又在發現顧晚晴持續後退的時候停下，丟下口中的兔子，抬起頭，用他那黑得恍若寶石一般的眼睛一瞬不轉的盯著她。

今天的野人兄應該是洗臉了，顧晚晴驚訝的發現他的模樣居然十分不錯。他的臉形柔和，既不會過於陽剛，也不會顯得很陰柔，眉毛又密又長，形狀十分完美。當然，他最顯眼還是一雙眼睛，不只是黑亮那麼簡單，他的雙眼十分乾淨，不染一絲雜質似的十分透澈，單看他的眉眼，真的像一個單純的孩子，可加上他古銅色的肌膚、披散的頭髮，使得他整個人都充滿了一種狂放的氣息，不過……有點狂放過頭了。

顧晚晴瞄著他唇邊的血跡打了個冷顫，該不是被葉顧氏說中了，這小子……真有可能會吃人吧？

「你你你……抓我來幹什麼？」顧晚晴僵著身體一步步的後退，「我一點也不好吃，也不能給你做押寨野夫人……」

野人兄偏了偏頭，似乎在聽她說話，又好像聽不明白似的，伸出手，將地上的死兔子向顧晚晴的方向推了推。

顧晚晴瞪著那隻死兔子，指著自己，「給我？」

野人盯著她的手，歪著腦袋想了想，點了點頭。

顧晚晴小鬆了口氣。

看來應該是不會吃她了。

「謝了，我不要。」顧晚晴擺擺手，「你能不能聽懂我說話？」

野人對她的問話置若罔聞，只是看著她的手勢，蹲跪在地上又將兔子向前推了推。

顧晚晴連搖頭帶擺手，「你抓我來到底想幹什麼？」她一邊說一邊比劃，到最後，連她自己都

不明白自己想問什麼了。

不過，顯然野人兄的領悟力比她強很多，他想了一會就坐在地上，朝著顧晚晴伸出自己的腿。

顧晚晴這時才看清，他的小腿腫脹得可怕，應該是上次的傷沒有好好處理，表面皮肉長上了，裡面卻出了問題。

顧晚晴這才明白他找自己做什麼。

她試探的向他走了兩步，他也沒什麼動作，只伸著腿等她過去。

顧晚晴的心終於放下大半，走到他身邊看了看他的腿，眉頭不由越皺越緊。

真是太嚴重了。

整個小腿已腫成了紫黑色，上次被竹片貫穿的傷口爛得一塌糊塗，上面沾了許多草屑，又有一些草藥的味道，應該是他自己懂得一些簡單的處理傷口的辦法，可傷勢太重，沒有辦法完全治癒。

「有沒有水？」顧晚晴說完才想起來應該用肢體語言，趕緊比劃出又是做喝的動作、又是做洗的動作。

最後野人兄點了點頭，轉身爬走了。

顧晚晴就坐在原地靜氣凝神。

等野人兄回來的時候，帶回了一個破舊的瓦罐，裡面裝著半罐清水，而為了拿著瓦罐，他居然是走回來的，雖然走路的姿勢很彆扭，他的腿傷也給他添了很大的麻煩，但的確是直立行走了。

顧晚晴接過清水後讓他坐下，長長的吁了一口氣，努力保持自己的心境平和，而後伸出手來輕輕的按在他的小腿之上。

或許是因為他的腿傷太重，此時的顧晚晴心中沒有半點雜念，只想著儘快幫他解除痛苦，心無旁騖之下，顧晚晴只覺手心驀然發熱，一股洪大的濁氣由她手心直貫而入，她立時將另一隻手浸到水中，努力的保持現在的狀態。

隨著瓦罐中的清水愈見混濁，野人兄的小腿逐漸消腫下去，紫黑的顏色漸漸減淡，恢復成正常的肌膚色澤。

再多一點，再多一點……

顧晚晴不住的默唸，可手心的熱度還是一點點的褪了下去，到最後全無感覺。

而這時，野人兄的腿也就好了一半，雖然比剛剛強了不知多少倍，但還是腫著，傷口處也還流著血水。

顧晚晴閉上眼睛想再發一次力，可無論如何也不行了。

她喘了口氣，擦去額上的汗水，無力的道：「現在只能這樣了，希望我休息一下後，能力可以恢復。」

野人兄卻顯得極為興奮，根本不管顧晚晴說什麼，在她移開手後就竄了起來，又蹦又跳了半天，嘴裡「啊嗚啊嗚」的也不知道在說什麼，最後他又抓起地上那隻兔子送給顧晚晴，又向她做了個「吃」的動作。

顧晚晴無語極了，接過那兔子扔到一邊，以示自己絕對不生吃兔子的決心。

野人兄呆立半晌，突然鬼叫著扭頭跑了。

顧晚晴連忙叫道：「別走啊！你把我送回去啊！」

沒用……早跑沒影了。

顧晚晴氣得直咬牙啊，她可是他的救命恩人啊！居然受到這種待遇！

不過顧晚晴也不敢隨便移動，這裡是深山，走失了她就慘了！只能希望野人兄良心發現再回來找她，要是對方不回來……她再想辦法不遲。

好在，過了不久，顧晚晴就聽到了熟悉的窸窣聲，野人兄又回來了！

顧晚晴連忙起身迎接，打算採取懷柔政策以溫暖的笑容暖化他野獸般的內心，讓他把自己送回去！

就在顧晚晴調整笑容的時候，野人兄把他手裡捏著的東西放在地上，朝顧晚晴推了推，那小心翼翼的模樣讓顧晚晴覺得，自己很可能是誤會他了。

不過……看著地上的東西，顧晚晴咬著牙一字一字的說：「謝謝了，不過我……不、吃、青、蛙！」

第三十二章

【大圓滿】

顧晚晴頭疼了。

自從她拒絕接受那兩隻青蛙之後，野人兄又給她抓了松鼠和魚，還小心的捧來幾顆鳥蛋，顧晚晴再次拒絕後，野人兄苦惱的想了半天，又竄走了。

顧晚晴無語啊，折騰這麼久，她也餓啊，可她不想吃松鼠和青蛙啊！她只想回家回家回家！

過了沒多久，野人兄回來了，這次帶回了一堆青草和樹葉。

好吧，顧晚晴握了握拳，看來如果不吃的話是不能繼續下一項活動了，吃草就吃草吧，省得一會他弄兩隻獅子老虎的什麼回來，更不好下嘴。

顧晚晴伸手在草葉堆裡挑了挑，想找一根嫩一點的草葉，卻意外的發現草葉之中夾雜了幾個小小的果子，這種果子吃起來像蘋果，但是很小，也更酸，葉昭陽之前曾帶過幾顆回家。顧晚晴當即撿起野果在身上蹭了蹭，一口下去，酸脆清香，生津開胃……更餓了。

把那幾個野果囫圇下肚，顧晚晴拍拍肚子，又向野人兄挑了挑拇指，在一陣腸鳴聲中，示意自己飽了……

野人兄很單純，並未對那震天的「咕嚕」聲產生什麼懷疑，綻出一個極為燦爛的笑容，那一刻，顧晚晴的心縮了一下。

太可惜了啊……怎麼會有人能同時擁有這麼多的特質呢？他不動的看著你時，你會覺得他很純真；他警惕戒備的時候，你會覺得他有些桀驁；他奔跑跳躍時，帶著一種疾風般的狂放；而現在，他現出大大的笑容，竟比那太陽更為溫暖燦爛。可這樣一個放到哪都是主流偶像的人，居然是個野人。

「你送我回家吧。」顧晚晴一邊比劃一邊說：「等我歇兩天再給你治傷。」

野人兄偏了偏頭，看著顧晚晴指來指去的手，突然抬起手來，指了指自己的胸口，發出了一個模糊的音節。

「什麼？」顧晚晴聽他的發音，又像「豆」，又像「奏」。

「豆？」顧晚晴指著他，「豆？」

野人兄立時開心起來，點著頭，一雙眼睛晶亮晶亮的，他指著自己，「奏……」

「奏？」

「嗖……」

……

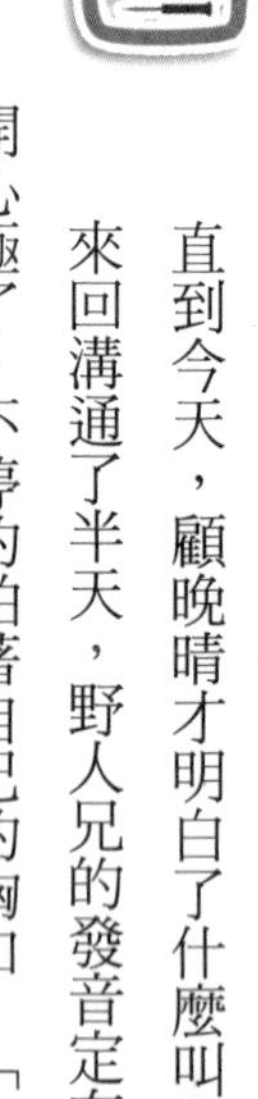

直到今天，顧晚晴才明白了什麼叫雞同鴨講。

來回溝通了半天，野人兄的發音定在了「瘦」上面，他似乎很久沒發過這個音節了，確定之後開心極了，不停的拍著自己的胸口，「瘦、瘦……」

顧晚晴倒是覺得他挺瘦的，不過看這樣子，他應該是在做自我介紹吧？看著他的整體造型，顧晚晴腦中自然而然的閃過一個字，「獸？你是說，你叫獸？」

野人兄「啊嗚啊嗚」的回答，顧晚晴想了想，嗯，這個問題就至此為止吧。

「那我就叫你阿獸好了。」顧晚晴又指了指自己，「晚──晴。」

阿獸的嘴巴動了動，卻沒發出音節來，只盯著顧晚晴的嘴巴看。顧晚晴覺得兩個字對他來說可能有點難，於是又拉長聲音說：「晴──」

阿獸聽完後沉默了一會，眉頭漸漸糾起，似乎在想怎麼發出這個音節，不過很快，他笑了起來，露出兩排小白牙，配合他剛睡醒似的髮型與小小的獸皮裙，還真有點「萌」的意思……

「獸獸……」他一邊叫一邊歡快的跑走了。

「喂喂……」顧晚晴無語，「不是這麼逃避學習的啊……」

這次阿獸的速度放得很慢，顧晚晴馬上跟了上去，他還是四肢並用的走，讓顧晚晴很有一種自己在溜大型犬的錯覺。

阿獸帶著顧晚晴穿過這片濃密的森林，一路上，他時不時的爬到樹上去弄幾顆野果拿給顧晚晴，倒讓顧晚晴有點感動，不停的和他說「你的腿需要休養」，可是沒用，他根本聽不懂。

顧晚晴本以為他是想送自己回家，可穿過樹林後，阿獸歡呼著竄進一個小湖中時，她覺得自己可能誤會了什麼。

不過，她的注意力很快被這個小湖吸引住了。

其實，說這裡是個小湖有點言過其實，這一片水面面積不大，也就四、五十平方米的樣子，它的特別之處在於它的水質不是清澈透明的，而是呈現淡淡的乳白色，這裡的溫度也比別處高了一些，稍稍走近點，就能感覺到水氣撲面，而且空氣之中，還夾雜著一股淡淡的硫磺味道。

是溫泉嗎？顧晚晴走到水邊，立時便感覺到一股熱意，伸手到水中試了試，果然是溫熱的。

這裡居然有溫泉，顧晚晴突然想到「半月荒」的問題，會是因為這個嗎？不管怎麼說，也是一個發現吧，這個消息或許會對葉明常的研究工作起到一個推動性的作用。

不過……

「你倒會享受啊……」顧晚晴雖然也很贊同讓傷患泡泡溫泉，但看阿獸在水裡泡得無比愜意的

模樣，她本來就著急的心更急了。她想回家啊！失蹤了一個晚上，葉氏夫婦該急死了。

「你上來！」顧晚晴指著他，又指了指岸上。

阿獸則笑咪咪的朝她招手，讓她下去。

完全溝通無能！

顧晚晴想了想，拿樹枝在地上畫了個房子的形狀，又重複做讓他上來的姿勢，同時，自己撤離到安全的距離，以防他熱情過度，把她扯下去泡溫泉。

阿獸終於朝岸邊游過來了，雙手撐著地面一用力，整個人就竄了上來，不過……還是忘了點東西……

看著水面上漂浮的小小獸皮裙，顧晚晴急速轉身，忍無可忍的大叫了一聲，「撈起來穿好！」

她沒興趣總和他的小兄弟打招呼啊！

過了一會，顧晚晴聽到身後水聲響起，想來是阿獸下水撈裙子去了，又等了一會，估計他撈好了，顧晚晴才轉過身來，「我就是想……回……」

看著背對著自己坐在水邊的阿獸，顧晚晴的話卡在嗓子眼裡。

不是錯覺，阿獸的肩背部居然印著一個暗色的紋案，此時被一些濕髮擋著看不清楚，但顧晚晴可以肯定，那絕不是天生的，那紋案的線條十分細密，像是一個精緻的紋身。

明明入水前還沒有的，顧晚晴走過去，阿獸也在這時抬起頭。他看起來無辜極了，用寶石一般的眼睛看看她，又看了看地上的房子圖形，失望的低下頭去，一點聲音也不發出來。

顧晚晴被他弄得很不自在，可以想像的，他一定十分孤獨，她也不可能一直留在山裡陪他，只能努力無視掉他失望的樣子，專心研究他身上的圖案。

那確實是一個紋身，現在居然比剛剛還要清晰了一些，紋路完全變成了黑色，那看起來像是一隻麒麟，勾劃得精緻繁複，麒麟的身子覆蓋了阿獸大半個左側後背，頭部與前蹄經左臂延至胸口，整隻麒麟充滿了無限張力，明明是靜止不動的，卻讓人感覺到它正在蓄勢待發，彷彿馬上就能衝出來一樣！

阿獸身上怎麼會有這樣的東西？又是怎麼顯現出來的？

顧晚晴一邊想著，目光一邊投到水面之上，難道是因為這溫泉？

她倒是聽說過有一種紋身平時不會顯現，但當身體發熱或者情緒激動的時候就……就……水面上漂著的，到底是什麼啊……

顧晚晴瞇了瞇眼，瞄著水面上漂漂浮浮的那一小件東西，好像是……阿獸的獸皮裙……

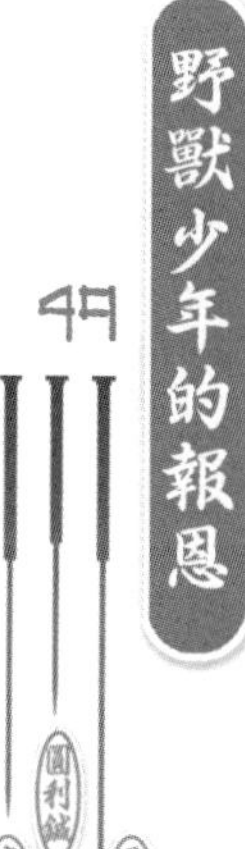

該死啊！他根本就沒穿嗎？

顧晚晴齜著牙瞪向阿獸，太不聽話了！

阿獸被她的神情驚到了，猛然竄起朝一邊避去，他這一起身……好吧，顧晚晴圓滿了。

第三十三章

【回歸人類社會】

顧晚晴很憤怒！看見小兄弟的一剎那，她忘了什麼紋身也忘了什麼傷患，抬腿就把阿獸踹到了溫泉裡。

阿獸嗆了一口水，之後反倒興奮起來，高聲叫著在水裡朝她撩水。

顧晚晴的嘴角抽了抽，抹去臉上的水珠，惡狠狠的指著地上的圖形，「我要回家！不管你能不能聽懂！我要回家！」

看著她的動作，阿獸的興奮漸漸的褪去，站在沒腰的水裡發了好一會的呆，才又走向岸邊，打算出來。

顧晚晴立即一指水面上漂浮的小裙裙，「那個！穿好！」

阿獸就游到溫泉的中心去撿起獸皮裙，不過對於顧晚晴的命令還是沒太理解透澈，上了岸才穿好。

顧晚晴懶得和他計較這麼多了，指著地上的房子圖形不說話，自始至終一直沉著臉。

阿獸這次很聽話，安靜的帶著顧晚晴離開了溫泉又進了樹林。顧晚晴是搞不清方向的，不過從地勢走向來看，他們的確是在朝山下走。

隨著時間的流逝，阿獸身上的紋身漸漸消褪，直至完全消失，有紋身的皮膚上看不出絲毫異樣，就像那裡本來就什麼都沒有一樣，十分的神奇。

走了約莫一個多時辰，在顧晚晴體力透支之前，她終於見到了自己家那塊熟悉的藥田。

「太好了！」顧晚晴一屁股坐到地上，平視著阿獸，「你的腿怎麼辦？要不然帶你回家去治？」

阿獸的情緒一直很低落，委屈的「嗚啊」幾聲，扭頭就跑走了，任顧晚晴怎麼叫，他都沒有回頭。

這下顧晚晴倒擔心了，他的腿如果不繼續醫治的話很可能又惡化了。不過，現在怎麼也得先回家去報個平安才行，反正阿獸就在這山裡，之後她慢慢找就是了。

顧晚晴歇了一會，支撐著回了家，進院就喊：「娘，我餓……」折騰了一早上，又是治病又是趕路的，她早就餓得不行了。

葉顧氏從房中衝出來抱著她就哭，顧晚晴一邊安慰著葉顧氏，一邊拖著她往廚房走，抓了個冷饅頭就塞進嘴裡。

葉顧氏心疼壞了，連忙要生火做飯，顧晚晴擺擺手，伸著脖子嚥下一口饅頭，「嗝……」

這比什麼解釋都管用，葉顧氏馬上去給她倒水，直到她把一個饅頭幹掉，葉顧氏才問：「是不是野人把妳抓去了？妳爹一早就領著人進山裡去了，一定要抓到那個野人！」

這都是在顧晚晴預料之中的，可總是不免擔心，阿獸要是被抓了，下場肯定好不到哪去。不過現在沒辦法，山裡這麼大也沒法去找，只能等葉明常回來再說，希望他運氣不好，空手而回吧。

葉顧氏又緊張的問：「那個……那個野人，沒把妳怎麼樣吧？」

顧晚晴理解了一下，其實嚴格說起來，是她把阿獸「怎麼樣」了，都看光了。

「他把我抓去是因為他受傷了，想讓我幫他治傷。」

顧晚晴看著葉顧氏將信將疑的目光，便將自己與阿獸第一次見面的情形說了一遍，又道：「那些兔子就是他送來感謝我救他出陷阱的。」

「這麼說來，他倒也通點人性……」女人都是同情心氾濫的，葉顧氏嘆了一聲，「才十六、七？真可憐，也不知道他為什麼會在山裡。」

之後葉顧氏腦補了一套「路遇山賊父母被宰孤兒與獸共舞最終成獸」的故事，並說給顧晚晴聽。顧晚晴覺得，嗯，這倒也有可能，如果真是這樣，那阿獸實在太可憐了。

晚上的時候，葉明常帶著人回來了，見顧晚晴安全回家自然高興，不過更多的是憤慨，和那些鄰村的獵人們約好明天繼續上山抓野人，結果還沒等顧晚晴規勸，葉顧氏先急了。

「那孩子父母讓山賊殺了，自己流落荒山變成野獸一樣多麼可憐！他沒傷害晚晴，又懂得知恩圖報，不准再去抓他！」

顧晚晴無語的看著葉顧氏，看來經過一個下午的沉澱，腦補已經成為事實了……

那些獵人們卻都緊張起來，「山賊？這山裡有山賊？」

顧晚晴扶額，逕自回房去歇著了，至於解釋的事，留給葉顧氏去做吧。

雖然有葉顧氏的極力勸阻，葉明常還是又帶人進山搜索了兩天，實在是沒找著，這才放棄了。

顧晚晴一直等著阿獸再來找她，可過了四、五天，沒有阿獸，也沒有兔子青蛙，阿獸好像徹底消失了。顧晚晴也想去找他，無奈葉明常極力反對，並提出要帶她回京城去處理事情。

要處理的當然是衣服的事，為了儘快擺脫「野人事件」帶來的陰影，葉顧氏也決定同行，一家人也不用準備什麼，租了馬車，第二天就直奔京城而去了。

顧晚晴知道葉明常的用意，她畢竟是個姑娘家，不管出於什麼原因，被野人劫走已經容易讓人非議了，他不想在這非議上再火上加油。

於是一家人就這麼到了京城，衣服的處理問題早就商量好了，找到葉明常熟識的當鋪夥計，聯繫著把舊衣服當了，他們本想用當出來的錢找一家成衣鋪租個鋪位，可那些衣服又不能一直存放在鄰居家裡，如果再租庫房，不如直接租個小店面了。

有了決定後，葉明常便積極的尋找合適的鋪面，人託人的尋找之下，很快就有了消息。顧晚晴也去那小鋪子看過，地方不大，卻是在一條繁華的街道上，所以租金也不便宜。對於這些顧晚晴其實沒多大感覺，花銀子，她現在還找不到代入感。

不過租了鋪子後也有一件為難的事，那就是這間鋪子不可能讓顧晚晴一個姑娘家來出面打理，葉顧氏又不放心交給別人，便決定自己和顧晚晴一起住到這邊來，由她來打理店面，這麼一來，葉明常勢必要自己留在千雲山，與葉顧氏兩地分居了。

還有一點就是，顧晚晴還沒找到阿獸呢。

最多自己多跑一跑吧，顧晚晴一邊尋思著是不是該把家裡那幾間草房推倒重建，一邊與葉顧氏遊走於各個成衣鋪之間打探價格，正前往下一間的時候，顧晚晴突然覺得四周的建築有些眼熟。再仔細看看，不正是她第一次上街，偶遇了聶清遠的那條街嗎？那間京城最負盛名的天波樓就佇於街頭，離她也就幾十步遠。

現在雖然已經過午，可出入於天波樓的客人還是絡繹不絕，顧晚晴又想到了那天早上聞到的早餐香味，便起了帶葉顧氏去嚐嚐的心思。

和葉顧氏說了之後，葉顧氏雖然反對在吃喝方面花太多錢，但拗不過顧晚晴的堅持，便隨著她一起往那邊去了。

就在她們走到天波樓門前之時，突然從天波樓裡驟然竄出一道黑影，後面伴隨著人們的驚呼：

「快閃開，小心野人傷人！」

顧晚晴呆了一下，這情景……很是眼熟啊……

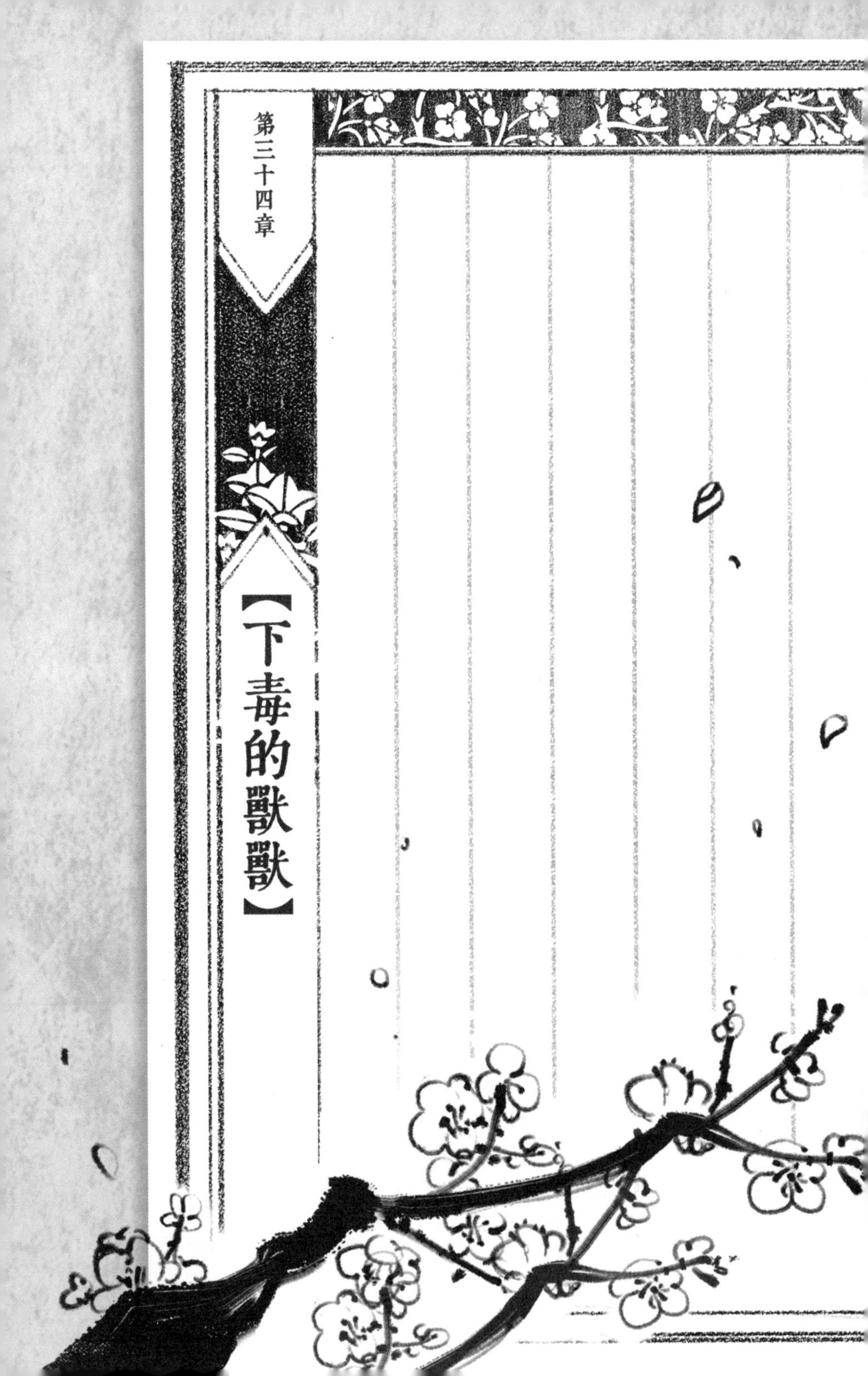

第三十四章

【下毒的獸獸】

「快閃開快閃開！」

聽著混亂的嚷鬧聲，葉顧氏有點慌，抓著顧晚晴不知道該往哪邊去才好，又因為慌亂不小心踩到裙襬，整個人當即坐到地上，正處街道的最中央。

顧晚晴馬上彎下腰去扶她，也在這時，那團黑影已至近前，顧晚晴聽到了熟悉的「獸獸」聲，抬頭之際，便見來人沒有絲毫停滯，衝至她們面前時縱身竄起，一個完美的跨躍動作……

伴隨著眾人的驚呼，顧晚晴撐著鼻孔想，回去後真應該給他做條褲子了……

當然，因為速度和角度的關係，除了當事人外，有幸看到這一幕的人只是少數，這時天波樓的夥計從樓裡追出來，口中大喊：「別讓他跑了，他殺人了！」

顧晚晴心中猛然一驚，急急回頭去看，見阿獸早已跑得只剩下一個小黑影，心裡竟然鬆了口氣，而後心思才複雜起來，殺人了……她扶起葉顧氏擠到天波樓裡，那裡的掌櫃正急得轉圈，嘴裡嚷著：「快去找大夫！」

顧晚晴見到靠近櫃檯的地方倒著一個小二打扮的人，那人雙目緊閉滿臉青黑之色，口中流涎，像是中了極為嚴重的劇毒！

阿獸會下毒嗎？顧晚晴不由想起自己被劫的那天晚上，他應該也是下了藥才能順利將她帶出的，難道阿獸竟是個危險人物嗎？顧晚晴想不通，一個不懂人事的小野人哪裡學來的下藥下毒的辦法？

顧晚晴只知道自己現在很著急，不只是為那個中毒的人，她還想馬上回去找到阿獸，問問他這件事到底是不是他做的！

「讓我看看他！」

顧晚晴說出這話的同時，二樓也傳出一道聲音：「不要動他，讓我家小姐看看！」

顧晚晴抬頭望去，卻是顧明珠與她的丫鬟晴雙。

顧明珠身著一身象牙白的內裙，外面是牙綠色的半臂，腰繫綠色絲絛，頭上僅以四支白玉柳葉簪為飾，配上她溫柔婉約的面容，整個人看起來賞心悅目，又溫暖平和。

天波樓的掌櫃本是聽到了顧晚晴的話，剛看了她一眼就被顧明珠吸引了注意，面上一喜，快步迎了上去，「顧五小姐慈悲，快救救阿德吧。」

顧明珠下了樓才看到顧晚晴，略怔了一下，而後輕一點頭，「原來六妹妹在這裡。」

顧晚晴也朝她點了點頭，心中也稍寬，相比起自己時靈時不靈的異能來，似乎還是顧明珠的醫術比較可信。

顧明珠此時也在觀察顧晚晴，見她一臉急色，卻又沒有想出手的意思，這才蹲下身去查看中毒的阿德。

顧明珠先探過脈息，又看了看眼底舌苔，神色漸見凝重，示意晴雙展開自己的針包，拈出幾枚纖細毫針，分別刺入阿德的手臂內側與後腦，手拈銀針不住輾轉，過了一會撤出針來又刺人中與頭頂，施以同樣的手法，最後又取鋒針刺口內舌下放出血來，整套手法輕盈嫻熟，暢如行雲，沒有絲毫猶豫阻滯之處。

顧晚晴雖知顧明珠是有真功夫的，此時也佩服不已，又過片刻，便見那阿德「哇」的一聲吐了一地，虛弱的睜開眼來。

「馬上送到天濟醫廬去。」顧明珠舒了口氣站起身來，「路上多讓他喝茶水，能喝多少是多少。」

天波樓的掌櫃忙不迭的答應，連忙安排人去了。

顧明珠洗過手後才靠近顧晚晴，笑著說：「我們上樓說話吧?聶公子也在上面。」說完又解釋了一句：「他是為他母親的頑疾才找我出來，妳知道二伯對他的態度，去家裡多有不便。」

顧晚晴點點頭，心裡對顧明珠的解釋感覺有點無奈，看來顧明珠是真怕了她了，怕她再發飆，提前把這些事都交代出來。不過顧晚晴一點也不想上去，聶清遠嘛，現在還是不見得好。

「五姐姐……」這種姐姐妹妹的稱呼真是要多彆扭有多彆扭，顧晚晴頓了一下才問道：「妳覺得那個夥計是中了什麼毒？」

顧明珠看了看她，似乎隱有探查之意，不過她很快隱去這種神情，仔細的想了想道：「從症狀上看，似乎與誤食半邊蓮極為相似，不過聽那掌櫃說，那個夥計是被人下毒，如果只是半邊蓮，毒性絕不會如此迅猛，其中應該尚有他物，急迫之間，我卻看不出太多了。」

半邊蓮……顧晚晴記住了這個名字，與顧明珠道：「我不上去了，我陪義母還有事情要做，見了聶公子替我轉告他，那件事我會努力，不會半途而廢的。」

這裡人多，退婚的事不好明說，不過她們自己是清楚的。

顧晚晴說完便拉著葉顧氏走了，無視了從剛才就出現的強烈注視感，她是心虛啊，還有誰能這麼瞪她？除了聶清遠不做他想，所以從剛才開始，她連頭都不敢抬，就怕不小心看到二樓的那個誰。

「對了……」顧明珠忽然叫住她，走過來輕聲道：「傅公子曾兩次來家裡找妳，不過二伯並未向他透露妳的去處，只說妳去走親戚了。」

「傅時秋？」顧晚晴愣了一下，而後想了想，「就這麼說吧。」說完她擺了擺手，與葉顧氏離開了天波樓。

顧晚晴能理解顧長德為什麼沒透露她的去處，畢竟葉家的生活環境不好，容易讓人覺得他虐待姪女。但是，傅時秋？顧晚晴想不出他找自己做什麼，難道還想要她？她就那麼像猴子嗎？

顧晚晴出了天波樓後並沒有馬上離開，她繞到天波樓後身去，從後門進了廚房，給了一個夥計幾個銅板，向他打聽那個夥計中毒的經過。

現在已過了飯時，後廚不那麼忙了，得了錢的夥計十分熱情的找來據說是直擊證人的一個切墩小廚，給顧晚晴做轉播。

據那小廚說，阿獸來了兩回了，都是進後廚偷東西。

「上次是早上來的，偷了一條準備燉羹的蛇，」小廚說得口沫橫飛，「這次他運氣不好，正趕上晌午，後廚的人最多，所以他一出現就被圍攻了，整個後廚被他弄得雞飛狗跳的，到現在也不知道丟了些什麼。」

「那個中毒的呢？」這才是顧晚晴最關心的問題。

「阿德啊，他很倒楣的，」小廚繪聲繪色的連說帶比劃，「本來那個野人已經衝到前堂準備跑了，阿德伸出腿絆了他一下，然後大家就眼見著那野人撒了一把毒粉出來，阿德就倒地不起了。」

「毒粉？」顧晚晴不理解，就阿獸那穿戴，毒粉要放哪啊……

不過最終那小廚也沒能提供更多情報了，他只能很肯定那毒粉就是阿獸撒出來的，至於之前藏哪了……始終是個謎啊！

第三十五章

【選拔】

雖然顧晚晴和阿獸完全稱不上有什麼交情，可對於這個很可能有著可憐身世的小野人，她和葉顧氏一樣，都充滿了無盡的同情。

離開天波樓後，葉顧氏糾結又矛盾的說了一路，無非就是沒想到阿獸居然會傷人。顧晚晴也很理解她的糾結，因為她自己也同樣糾結。

兩人回到成衣鋪子後，葉明常聽說了這件事，想了一會，對顧晚晴與葉顧氏說：「他畢竟長在深山，或許身世當真可憐，可他行為處事早已如同野獸一般，他不傷害晚晴只因為晚晴幫過他，如果有一天晚晴做了他不喜歡的事，說不定他也會像今天一樣。所以這段時間妳們都不要回去了，安心在城裡打理鋪子，我自己回去試種藥田，如果再幾個月還是沒有進展，我會求大管事給我們換個地方，這樣就沒有後顧之憂了。」

葉顧氏聽罷這番話後長長的嘆了一聲，但還是同意了葉明常的想法。

顧晚晴沒有言語，像是默認，可她自己知道，她還是有點放不下的。在葉明常說話的時候，她就想起阿獸的那雙眼睛，那麼純真，又那麼的孤獨，他渴望著與人交往，卻又不得其法。

「這件事就這麼定了。」葉明常做了結束語，便又去與她們商量貨品擺放和定價的問題了。

顧晚晴雖然也跟著討論，可總是心不在焉的。

到了日落時分，葉昭陽興奮的從外面衝了進來，他手裡抓著一張紙，「姐！姐！妳快看這個！」

這幾天葉昭陽晚上都會來和他們會合，還會從天濟醫廬借出一些基礎的醫書來給顧晚晴看。

「是什麼？」顧晚晴接過他手中的那張紙看了看，一下子也被吸引了注意。

那是一張公告，言顧氏將在族內舉辦一次選拔活動，前後約歷時半年，到時會按不同的年齡階段分為三組評選，每一組前五名的學員將有機會接受長老團的直接教授。最重要的，顧氏天醫之位至今空懸，家主與長老團決定從族內挑選，屆時有能者居之，而入選的三組學員，無疑是最有希望的天醫人選。

顧晚晴按下稍有鼓譟的心情，繼續看下去。

公告上面記錄著參加選拔的條件和方法，但凡顧氏族人皆可參加選拔，不過天醫的人選只會從顧姓族人中挑選，其他像葉昭陽這樣的親戚，雖然也可以參加選拔甚至得到教授，但無論他醫術多高明、天姿多聰穎，想成為天醫也是絕不可能的。

至於選拔方法，公告上只大概的寫了幾個方面，有醫理、辨藥、配方、診病幾個大方向，細則

方面則要等通過報名後才能得知。

顧晚晴看完公告後無語了半天，這個消息對她來說簡直太壞了，這意味著她沒時間去鍛鍊她的異能了，這次選拔一旦啟動，斷無半途而廢的道理，而顧家既然公布了天醫將會從選拔中產生，那就意味著，如果她不去參加選拔，那麼她就沒有成為天醫的資格，哪怕她身負異能。

並非是顧晚晴對自己的異能妄自菲薄，相反，她在給阿獸治療後就對自己的異能產生了極大的信心，也更堅信自己之前關於紅痣的猜測，顧家擁有紅痣的前輩天醫一定都是擁有異能的！

可關鍵是，他們不僅僅擁有異能，他們還有著無與倫比的藥學知識和豐富經驗，更別提那一手出神入化的梅花神針，只有同時擁有這些，才能成為真正的天醫！

可她呢？除了時靈時不靈的異能，她一無所有。

「姐！」葉昭陽沒發現顧晚晴的狀態，依然很興奮，「妳就去參加這個，就能重新做天醫了！」

顧晚晴訕訕的彎了下唇角，看看選拔的開始日期，是在一個月之後，她咬了咬唇……再拼一次吧！

趁著選拔還沒開始，她決定再找顧長德去試驗異能，她現在已經比之前那一次熟練多了，也隱約抓到點竅門，就算不能說服顧長德讓她當上天醫，但其實她的最終目的也不是什麼天醫！而是天醫的信物，那塊帶她來到這個時空的天醫玉！如果她成功了，說不定就會說動顧長德讓她看看天醫玉！

看著自己手心那兩顆明顯又紅了一點的紅痣，顧晚晴握了握拳，起身與葉顧氏等人道：「我有事要回顧家大宅一趟，晚上不用等我吃飯。」

顧晚晴說完就走了，帶著點義無反顧的勁，把葉氏夫婦嚇了一跳，連忙讓葉昭陽跟上去看看。

顧宅的門房自然是認得顧晚晴的，又因為她砸了顧敏德的家那事已經傳開了，所以見她回來了對她都還客氣。

引她進去的還是上次那個婆子，不過這次她沒再讓顧晚晴久等，不消片刻就喊來了小轎，又一路跟著，將顧晚晴送到二門之外。

所以說，有些時候，道理是沒有暴力好用的。

這時天色已經晚了，顧長德正俯臥在床上享受著妾室的按摩。他也是剛為太后診病回來不久，進宮一天，不僅得小心謹慎，還得時常跪拜，饒是顧長德保養有方也有點吃不消，腰背微感疼痛，

此時已洗漱歇息，以便養足精神，明日再進宮去。

就在這個時候，丫鬟遞話進來，說是六小姐來了。

顧長德一聽到這個名字就覺得頭大，不過他不奇怪這個六姪女為什麼大晚上的急著來找他，十有八九是為了選拔的事。

選拔天醫，這種事在顧家也是第一回發生，雖然以前為了確認紅痣都會有一些篩選的程序，可那只是簡單的看看手心，像這次這樣正規的選拔天醫，卻是頭一回。

這個提議本是由長老團提出的，他們是綜合考慮了本朝開國之時顧氏傳承中斷的教訓，那時不僅顧氏族人形同散沙，還險些面臨全族潰散的危機，雖然現在與開國之時的局勢不同，但眼下朝中貪汙者凡多，多數官員不求進取只求明哲保身，更一味攀比奢華浮靡之風，泰安帝雖值壯年之齡卻素來身體虛弱，朝中政事多仰仗太后外戚與左相聶世成，而兵權則被鎮北王袁北望牢牢把持，如此政局，看起來安穩太平，但實非安定泰安之象！所謂居安思危，如若無變最好，若他朝一旦生變，顧家可禁不起再一次的散亂變故！

顧長德本就無意再讓顧晚晴去做天醫，哪怕她醫術再高明，他也不願！此時又聽大長老一番分析，登時也覺得危機四伏起來，當即連夜與大長老定下族內選拔之事，不僅本家年輕一代的子弟都要參加，就連一些遠在外地的旁枝也都緊急召回。

而顧長德為免重蹈覆轍，特別又在選拔細則上又加了一條，醫術應與醫德共存，空有醫術而無德行者，棄之！

這一條，正是為顧晚晴準備的！以防她突然恢復醫術！

第三十六章 【證明】

顧長德準備了一肚子的義正辭嚴來到書房，不過，等他聽完顧晚晴的來意後，徹底怒了！

「妳……」顧長德不斷的問自己，他看起來就那麼笨嗎？一次不得逞，居然還來一次？「妳這種妖邪之說不許再提！否則……」

顧晚晴不等他把狠話撂完，急著道：「二叔，你看我像那麼傻的人嗎？這種事稍微一試就知道真假，我豈會無中生有、三番兩次的胡說？就不怕惹怒了二叔，再無重訴之期嗎？」

顧長德咬牙切齒。「我不知道妳是怎麼想的，總之我不想再聽妳胡說八道！」

「二叔！」顧晚晴起身攔往欲要離開的顧長德，「只是耽誤你一點點時間，如果這次再不行，我也死心了，以後二叔讓我做什麼我就做什麼，絕對不會再加頂撞！」

顧長德真想找人把她轟出去，不過轉念一想，除非把她關起來，否則這些瘋言瘋語始終會傳到外頭去，而在天醫選拔即將開始之際，貿然把她禁錮起來也不是什麼太好的主意，尤其傅時秋最近來找過她，雖然暫時被他敷衍過去，但那位傅公子，可不是什麼好糊弄的人。

想到這裡，顧長德沉著臉道：「這可是妳說的，如果再不行，妳馬上搬回來，沒有人的允許，不得出顧府一步！」

顧晚晴立時點頭，「請二叔馬上找個病人來。」

顧長德卻道：「妳就給我看看吧，這幾日太過忙碌，我覺得腰部有些不適。」是不是真的啊……顧晚晴第一個反應就是這傢伙在敷衍她，沒病硬說成有病，到時候看好看不好的，還不全憑他一張嘴嘛！

不過看看顧長德的臉色，顧晚晴真覺得他已經在爆發邊緣了，如果這個時候再懷疑他，說不定他馬上就會自爆。猶豫了一下，她決定，還是看吧！她就不信，一個四十多歲的人整天忙碌奔波的，會一點健康問題都沒有！

顧晚晴大義凜然的坐至書桌之側，嚴肅的一擺手，「二叔，坐！」

顧長德無奈又不太情願的坐下，看顧晚晴閉上眼睛，不停的吐納呼吸，像是在運氣，那模樣，讓他想起前一段時間京城流行的氣功治病法，當然最後證明那純屬扯淡，怎麼？又讓她學去了？

就在顧長德耗盡最後一分耐心的時候，便見顧晚晴緩緩睜開眼來，剛剛神情間的急躁之色已一掃而空，看著她沉著淡定的模樣，顧長德突然有點肝疼……他這姪女……不會被什麼妖怪附體了吧……

正胡思亂想的時候，顧晚晴的指尖已觸到他的腕上，顧長德拋去腦中的臆想，心裡又多了幾分不耐，也在這時，他只覺得腕上一熱，彷彿感覺到了一種無形的吸力，不止將他腰背的疼痛緩緩抽

去，他更覺得伴隨這股吸力，困擾他多時的視力模糊問題也有了一點好轉！

這是！

顧長德「騰」的起身，萬分懷疑的盯著顧晚晴。

顧晚晴沒有說什麼，卻是又按上他的腕間，兩手相觸之時，顧長德只覺腰背部的疲憊愈來愈輕，而在顧晚晴鬆手之際，那種感覺登時消失！

顧晚晴十分遺憾的模樣，站起身道：「二叔，我的能力大概還是沒有完全恢復，今天只能到這了。」

顧長德還是不能相信！這……怎麼可能！

不過，被抽離痛苦的舒適感尚在，他的身體明明已經好轉不少，莫不是、莫不是……對！一定是她用了某種無色無味的藥物，趁他不備時放出，以達到暫時讓人舒泰的目的，這類的藥物有很多，最出名的便是害人不淺的五石散……可，顧長德終是不能說服自己！

「難道二叔就從未懷疑過，顧家為何一定要尋找手握紅痣的人來接任天醫嗎？」顧晚晴神情懇切的向顧長德伸出雙手，「這個就是原因！」

顧長德看著眼前的一雙白嫩小手，那掌心中的紅痣，看著竟然又鮮豔起來，雖然仍不是鮮紅，但的確比之前紅豔多了。

「這件事……」顧長德艱難的吞了下口水，「還有誰知道？」

顧晚晴搖了搖頭，「除了二叔，我不敢向別人透露。」

顧長德緩緩的點點頭，一時間思緒極亂！

「二叔……」

「讓我安靜一下！」

顧長德的確需要時間來消化這件事，竟會有這種事嗎？這種事，竟然真的存在嗎？顧家之所以能屹立數百年而依然昌盛，都是因為這神奇的能力嗎！

「妳……」顧長德以指遙點著顧晚晴，隔了好久後才說出下面的話：「妳今晚就住這，這件事，我還需與大長老仔細商榷。」

顧晚晴連連點頭，又趁熱打鐵的道：「二叔，那天醫玉，是不是能讓我看看？」

顧長德眉頭微擰，看了看她沒有說話，轉身出去了。

顧晚晴拍了下自己的腦袋。

怎麼就沒忍住呢？太急了！不過……她看看自己的雙手，露出個滿意的笑容。顧長德還是以顧

家為重的，長老團的長老們更是以振興顧家為終身任務，所以絕不可能無視她的能力，天醫玉，這次沒問題了，一定！

剛欣喜了一下，顧晚晴又想到葉氏一家，心情稍有低落。

如果她得到了天醫玉，那代表著她得到了顧家的承認，那麼她就必須得住回顧家了，葉明常、葉顧氏及葉昭陽，都會漸漸遠離她的生活，如果有一天，她研究出穿越的楔機，那麼，她應該是再也見不到他們了吧？

想到這裡，顧晚晴腦中又現出一張野性與純真並存的面容，想著他還沒有完全治癒的腿傷，她輕輕的嘆了一聲。

當天晚上顧，晚晴留在了顧家，顧長德臨走前留下話，就安排她住在惟馨園，顧晚晴叫了人去通知葉氏一家。礙於顧長德對她的態度，下人們不敢敷衍，同時偷偷猜測，這位六小姐剛失勢沒幾天，難道又要得勢了？

而去見大長老的顧長德這一去就是整晚，直到天邊泛亮，才從長老閣出來。他沒有乘轎，卻是步履沉重的漫步而行，腦子裡想的，都是大長老的話。

「自本朝開國以來，我顧家就沒再出過手握紅痣之人，但我們依然屹立至今。」
「為醫者首重德性，若德行欠缺，哪怕她是神仙轉世，於我顧家也無絲毫益處！」
「若過度依賴這種能力，我顧家醫術怕不要日漸衰落。」
「還是那句話，擁有能力遠遠不夠，若她能恢復失去的醫術，往後又能做到謙躬仁和，那麼讓她成為天醫，又有何不妥？」

……

顧長德舒了口氣，大長老的意思看起來十分明顯了，不過，他始終忘不了大長老聽聞此事時那沉穩的模樣，竟似絲毫也不驚訝一般！而在他表示了自己的震驚之後，大長老也沒有提出要去親眼見證，而是馬上與他商量討論……難道……

他突然想到顧晚晴認祖歸宗後，有一段時間沒有出現，老太太給的說法是去接受大長老的全面教導，現在想想……莫非早在那時，大長老就知道了這件事？

正所謂一事通事事通，顧長德緊接著就想到他們試探顧晚晴的時候，大長老只是看到顧晚晴手中紅痣褪色便怒而離去，他那時還以為大長老是怒顧晚晴失去繼承身分，現在想想，大長老是在對顧晚晴突然失去能力表達不滿！

那麼……

抬頭看了看已在近前的惟馨園，顧長德壓下至今仍存於心中的震驚，緩緩做了個呼吸，而後昂首步入園中，與隨侍道：「等六小姐起身，就馬上讓她來見我。」

第三十七章

【分別的前夕】

顧晚晴一夜都沒怎麼睡好，一會夢到葉昭陽，一會夢到葉顧氏，一會又夢到阿獸，天還沒亮她就醒了，又在床上輾轉了半天，挨到晨光灑下，這才起身。

她起來就接到了顧長德的通知，立馬收拾洗漱，飯也不吃，直接到書房求見顧長德，然後，就是長時間的寂靜。

顧長德坐於書桌之後，一動不動的盯著她，看得她直發毛。

「二叔……」顧晚晴心虛的叫了一聲。

顧長德這才收回目光，看不出什麼心思的道：「我昨夜與大長老商量了妳的事，原來關於妳的能力……大長老早已知情？」

他問的試探，顧晚晴卻無法給他確切的答覆，她哪知道大長老知不知道啊！不過想一想，老太太臨終前曾說過因為她的病而讓顧還珠失去了某種東西，指的應該就是異能！顧還珠極有可能是因為使用異能過度而暫時失去了能力，既然老太太知情，那麼作為與家主地位不相伯仲的大長老，自然也有知情的可能！

不過，這只是她的推測，一時間也不知該如何回答，可她的沉默卻顯然被顧長德誤讀了。

就見他點了點頭，「還珠，我與大長老的意見一樣，且不說妳現在的能力很不穩定，就算將來妳的能力大增，可空有能力而無醫術者是不足以擔當天醫的，天醫的職責不僅僅是治病救人，還得擔起將顧家發揚光大的重責，讓顧家成為天下醫者的典範，這些，都不是僅僅靠一些能力就能辦到的！」

顧長德這番話說得十分誠懇，顧晚晴原本充滿信心的心一點點的回落下去。

「不過妳可以留下重新修習醫術，如果妳願意，也可以參加天醫選拔。」顧長德凝視著顧晚晴，「只是，這種能力，不得在選拔中使用。」

隨著顧長德話音落下，顧晚晴的肩頭垂成了「八」字形，心裡別提有多失望了，不過她還在做最後掙扎，「那天醫玉……就一天，讓我看看吧！」

顧長德又警惕起來了，看著顧晚晴那眼神兒……就像她想偷東西似的！

顧晚晴瞪著眼睛回望過去，理直氣壯的樣兒……就像她根本不想偷似的！

「妳馬上回去收拾收拾東西，搬回來住。」顧長德又鄭重重申了一遍異能的保密守則，而後又道：「至於妳義父義母，進府來是不太方便的，不過他們對妳有養育之恩，我不會虧待他們，在京城找個宅子給他們養老，讓他們免於奔波之苦，也算是妳盡了孝道了。」

其實顧晚晴還是想回到葉顧氏身邊的，不僅因為在他們那裡她很自在，還因為葉氏一家是

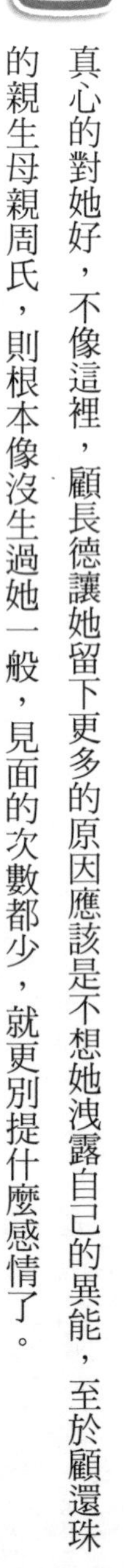

真心的對她好，不像這裡，顧長德讓她留下更多的原因應該是不想她洩露自己的異能，至於顧還珠的親生母親周氏，則根本像沒生過她一般，見面的次數都少，就更別提什麼感情了。

不過……顧晚晴轉念想到顧長德的安排，還是有些心動的。

能從此脫離奔勞的生活安心享福，對他們來說是一件好事，對葉昭陽更是，不必再惦念父母的辛勞，他就能將更多的精力投入到學習之中了。

這麼想著，雖然心裡有點悶悶的，顧晚晴還是答應了顧長德的要求，不過，她終歸還是想回千雲山一趟。

向顧長德千保證萬保證自己絕對不會向任何人透露異能之事，顧晚晴這才離開了顧府。

與來時不同，顧晚晴這次離開不僅有馬車相送，顧長德還給了她五百兩銀子，讓她交給葉氏夫婦。捏著手裡的銀票錦袋，顧晚晴對自己的決定又多了一分信心，現在成衣鋪子也活絡起來了，葉氏夫婦將來也不愁沒有事做，而且，現在分開也好，省得一直在一起，等她找到回去現代世界的辦法時，他們都會傷心、都會捨不得。

沒過多久，顧晚晴就回到了成衣小鋪。馬車在鋪外停下的時候，葉明常與葉顧氏都迎了出來，見到她，他們俱都露出放心的笑意。

葉顧氏過來拉起她的手，「怎麼樣？一切順利嗎？」

他們根本不知道發生了什麼事，卻依然義無反顧的支持著她，顧晚晴想到分別在即，心裡猛然沉重起來，臉上的笑容也落了幾分。

就在這時，另一輛馬車挨著顧晚晴的馬車停下，一柄白玉為骨的摺扇自車內伸出，挑起車簾，同時一道笑語響起，「還珠妹妹，多日不見，別來無恙？」

顧晚晴皺了皺眉。

這個調調，除了那個「滄海遺珠」傅時秋外，不作他想。

「還真巧……」顧晚晴對他沒什麼好臉色，但也不過分，畢竟人家也是「滄海遺珠」嘛！有權著呢！

傅時秋呵呵的走到近前，「什麼巧啊？我得知妳探親回來，專程跟妳來的。聊聊？」

顧晚晴早從顧明珠那聽說傅時秋曾到顧府找自己，現在又專程跟上門來，她怎麼也不覺得這是好事。

「我與我義父義母還有話說，咱們改天吧。」顧晚晴說罷便要帶葉顧氏進去。

葉顧氏卻沒有就勢進屋，面上微現急色的推著顧晚晴道：「傅公子找妳或許有急事，妳……」

葉顧氏的態度讓顧晚晴有點納悶。

傅時秋此時卻咧開一嘴小白牙，搧著扇子走進了鋪子，「我也沒什麼急事，可以等妳和義父母聊完。」

真不要臉！顧晚晴萬分鄙視不請自入者。

葉顧氏則拉著顧晚晴落後幾步，低聲道：「傅公子身分特殊，妳可千萬別得罪他了。」

顧晚晴瞪大了眼睛，「妳也知道？」

難道他是「滄海遺珠」這事早一傳十、十傳百，成了地球人都知道的秘密？既然如此，還裝模作樣的姓什麼「傅」啊？改回姓袁不就得了，簡直是無恥的掩耳盜鈴！

葉明常在旁笑道：「這幾年妳雖然沒在我們身邊，不過妳身邊都出現過什麼人，我們都會去仔細打聽打聽的。」

顧晚晴聞言，莫名的，心底有一塊地方，沉重得讓她幾乎承受不住。

第三十八章

【傅時秋的公平論】

當顧晚晴從鋪子裡出來的時候，跟在後面的傅時秋臉色有點不對。

不只臉色，他心裡也挺不是滋味的。這些天他早已打探到她並非去哪裡探親，而是與之前的養父母住到了一起，而他們的生活條件也十分清苦，他之所以沒有拆穿，是因為他不想讓她太過難堪。他以為她是被趕出顧府的，可等了這麼久，他也沒得到她受不了清苦生活或者又回顧家鬧脾氣的彙報，便以為，她真的是改變了。

以前的顧還珠驕縱狂傲，又因曾經有過一段貧困的生活而非常自卑，為了隱藏這種自卑，她尖銳刻薄的將自己的姿態凌駕於所有人之上，更不許有任何人提及此事。所以，當他得知她回到養父母身邊而沒有絲毫不適時，傅時秋是有些訝異，又有些欣喜的。

他認為他看到了她的本質，一個沒有忘記以前、又吃得起苦的女孩兒，能壞到哪去？她以前的尖刻狂傲自以為是，都被他歸類為「不想被其他世族子弟看不起而形成的自我武裝」。他理解，真的，當年他被人從民間尋回時，也是那樣的心情。再想想那日在宮中，她為自己的擔心，那句由心而發的「太好了」，讓他至今難以忘懷。

有誰會這麼關心他？或許泰安帝是一個，但他覺得，泰安帝對他的好，更多的來自於對他娘的欠疚。又因他不在朝中，不參政事，所以與他在一起時，泰安帝的心情會更為放鬆，自然就顯得親厚起來。再退一步說，泰安帝畢竟是他的父親，關心他也屬正常，但顧還珠呢？沒錯，他們以前的確走得很近，但那大多數都是在一起胡鬧，關心？那是什麼東西？

可事實證明，她是關心他的。那種感覺，那種從心裡滲出熱度的感覺，當真難以言喻，他只知道，從那時起，他記掛的人就多了一個，他甚至覺得有點對不起她，為什麼他沒早一點發現她的偽裝，還推波助瀾的耍弄她。

所以他想做一點補償，不是嘻笑胡鬧漫不經心，而是發自內心的想要幫忙。她不是想退婚嗎？他想，他應該幫得上這個忙。

可是，看著前方窈窕的身影，他又有點不確定了。

走在前頭的顧晚晴此時也是心不在焉的，剛剛她與葉氏夫婦說了自己的決定，將銀票拿給他們的時候，他們的神情……她永遠都不要回想。

他們大概誤會了吧？其實她不是想用錢去換什麼，不是怕他們糾纏才拿錢去打發，她只是想給他們更好的生活……不，他們沒有誤會，她的確是這麼做的，她在用錢彌補內心的遺憾，她不希望當她有一天真正離去時過於傷心，所以才選擇在這個時候用這種方法切斷他們的聯繫。

顧長德說他會在京中另買一處宅子給他們，在她證明自己身負異能後，顧長德不希望她和葉家

的人再有過多的接觸，他不希望她這個秘密再有機會洩露給別人。這些，都是她一早就知道的，而她也選擇了默認，並以要回顧家繼續重新學醫術的理由，來告別他們。

其實最後葉顧氏是笑著送她出來的，葉顧氏從頭到尾只說了一句話：「如果妳什麼時候還想回來，就回來。」

這句話，比怪她罵她威力更大，有那麼一瞬間，她幾乎在想，為什麼要回去？穿越回去有什麼好？那裡已經沒有親人了，而這裡，她還有！

一時間，她的腦子裡混沌不堪，直到要上馬車時才發現傅時秋跟在後面。顧晚晴愣了下，才記起他的存在。

「傅公子，你可以說你的事了。」

看著顧晚晴不太有精神的樣子，傅時秋微微瞇了瞇眼。

「怎麼是我的事呢？」傅時秋收起心中那種悶悶的感慨，歪著肩頭笑道：「我上門來讓妳有機會求我，妳不是這麼不知珍惜吧？」

於是顧晚晴記起了自己的麻煩事，或許還真需要他來幫忙。

「我的確有事想求你，不過現在我有事情要出城去……」

真的，顧晚晴頭一回聽到自己的聲音這麼有氣無力，就連被親娘拒之門外、被剝奪了天醫繼承權、又或是被當眾欺負的時候都沒這麼沮喪過。

「辦什麼事？我也去幫忙？」

傅時秋笑嘻嘻的，也不知是真心還是假意。或許連他自己也搞不清楚怎麼就冒出這句話，不過顧晚晴的回答卻十分的爽快。

「好啊！」顧晚晴沒怎麼多想，「這事你還真能幫得上忙。」

想在山裡找到阿獸不是那麼容易的，光是她自己一人，不知道要找到猴年馬月，可人太多又不行，阿獸會害怕得躲起來，上次葉明常帶著人找了那麼多天，也是一無所獲。

大致與傅時秋說了下行動內容，傅時秋一聽是找什麼「野人」，頓時大感興趣，跟著顧晚晴就竄上了馬車。

傅時秋上了車就挨著廂壁坐下，一條腿蜷著，另一條腿蹬著對面的廂壁，整個把顧晚晴的出路封死了。而後就翹著一邊唇角笑，笑啊笑，笑啊笑……笑得唇角都抽抽了，顧晚晴也沒理他。

「哎……」他終於沒扛住，先開口了。

「啊？」顧晚晴調校了一下焦距，盯著他，「你叫我？」

傅時秋想吐血了。敢情剛才他笑了那麼半天，白笑了！

「沒有！我沒叫妳！」他臭著臉，有點自暴自棄的意思。

顧晚晴納悶的看了他一眼，也沒追問，又忙著沉思去了。

這下傅時秋又不自在了。基本隔個三五秒就抬眼看看她，便見她雖然看著自己的方向，可眼神卻不在自己身上，早不知道飄到哪去了。

她在想什麼呢？看著她頗為苦惱的樣子，傅時秋自然而然的想到了葉氏夫婦，他心裡也自然而然的欣喜起來。

他之所以跟上來，就是想看看到底哪一個才是真正的她。

「在想什麼？」他問。

顧晚晴沒有回答，又呆了一會，好像才回過神來似的突然道：「我和聶清遠的婚事，能退嗎？」

傅時秋聳聳肩，「世上無難事。」

顧晚晴緩緩的點了點頭，「有希望就好，等我們回來，我們仔細商量一下退婚的方法。」

見她如此認真，傅時秋問了早就好奇的問題：「為什麼突然想退婚？如果我沒記錯，妳應該很喜歡他才對的，顧老太太出面求皇上賜婚，也是妳求來的吧？」

「唔……嗯……」顧晚晴支吾了一句，「聶清遠並不喜歡我。」

「只是因為這個？」傅時秋一揚長眉，「也就是說如果撇去這個顧慮，妳還是想嫁給他？」不知怎麼，他並不高興聽到自己這麼問。

這種問題，今天以前的顧晚晴是根本不會去想的。因為她要穿回去啊！人都不在了，還想什麼嫁人的事？至於退婚，也只是暫時無法回去才無奈做出的承諾，如果她明天就能回去，還想什麼退婚的事？

不過今天，顧晚晴卻仔細的想了想，認真的答道：「無所謂想不想，如果我走不了，只能留在這裡的話，那麼就算不嫁他，也會嫁給別的男人。本來，他的各方面條件都很好，是個理想的對象，不過他對這件事的反應很激烈，我也不想弄成兩敗俱傷的局面使得大家都不開心，所以就想放棄了。」

「至於之前嘛……我覺得我對他的那種喜歡是很盲目的，因為不斷的聽別人說他很優秀，所以從心底也認為他很優秀；因為別人都傾慕他，我就覺得如果他成為我的，我就會很有面子；還因為他差一點要和我一個堂姐訂親，我那個堂姐自小就很優秀，從小我們就被別人放在一起比較，我不

想輸給她，所以我才想要聶清遠。」

聽著這些話，傅時秋擺了個「見鬼了」的神情，「顧還珠，剛剛那些話真是妳說的？」

他的神情讓顧晚晴失笑連連，連帶著對他的厭惡感都降低不少。

其實這些話並不是她胡說的，而是她這段時間整理顧還珠的記憶總結出來的。記憶中，顧還珠與聶清遠的直接交往並不多，而每次想起或提起聶清遠的時候並沒有甜蜜溫馨之感，卻總有顧明珠的身影雜夾其中，所以她才有此定論。她覺得，聶清遠對顧還珠而言，更像一個昂貴的名牌皮包，買下來特有面子的那種。

傅時秋有一瞬間的恍神。他從未見過她笑得這麼輕鬆自然，直到此時他才發現，不再盛氣凌人的顧還珠，看起來居然有點可愛。

話題打開後，顧晚晴又向傅時秋解釋了一下阿獸的情況，當然沒說自己用異能幫他醫傷的事，而是用藥物代過。聽到阿獸用兔子和青蛙答謝她的時候，傅時秋樂得差點沒背過氣去。

不知不覺間，兩人話題漸多，小半天的路程很快就過去了，當馬車停在千雲山下的茅草房前時，顧晚晴的沉悶心情才又回來。

「我們直接上山吧。」她不想進去看到和回憶一些東西。

察覺到她情緒的低落，傅時秋沒有反對，又叫來車夫與趕著車跟著他們一起前來的傅樂子，嚴肅的給他們交代任務：「兵分兩路尋找阿獸，日落前山下集合，算計好回程的時間，要是晚上陷在林子裡被什麼女野人抓去做姦夫，可別怪我不救你們！」

一旁聽著的顧晚晴無語，人家都是出發前積極動員，他這是在打消他們的尋找熱情吧？

最後，傅時秋和顧晚晴一組，樂子和車夫一組，兩組分頭行動。

顧晚晴走的自然是阿獸送她回來的那條路，其中拗不過傅時秋的好奇，還拐到陷阱那邊看了看，然後才經過藥田，一路往山中行去。

雖然越往山中走草木越茂盛，可這一路上，顧晚晴居然沒走錯多少路，這都歸功於上次回來的時候阿獸為了方便她前進，拔去了林中的許多高大野草，這才沒過幾天，依稀還能辨出方向。

跟傅時秋有一搭沒一搭的說著話，顧晚晴覺得這條路似乎比上次短了，好像沒過多久似的就到了那個溫泉池，不過看看天色，算算時間，還是和上次差不多的。

這倒奇了。顧晚晴看了一眼正為溫泉而興奮不已的傅時秋，想到這一路上他的插科打諢，難道是因為那些聽起來毫無營養的話，讓旅途變得充實了？

顧晚晴搖搖頭，她算是見到傅時秋的另一面了，不止有藏著心眼的可惡，還是個話癆！

「上次我們就是……」顧晚晴說著話，卻找不到傅時秋了，正張望時，身後一股大力猛然將她推入溫泉池中！

顧晚晴只覺得眼前一黑，眼耳口鼻立時被溫水灌入，有些水嗆到氣管裡，她慌得連忙掙扎，天知道！她根本不會游泳！

可是，她剛掙扎了兩下便被人抱住了身體，跟著急速上浮露出水面。顧晚晴也不管那是誰了，緊攀著托舉她的人，急急的做了個深呼吸，又猛烈的咳嗽起來，眼淚鼻涕什麼都來了，又有一些水從鼻子裡流出來，別提多狼狽了。

再看托著她的人……

傅時秋抹著臉上的水珠可惡的一笑，「怎麼樣？一人一次，公平了吧？」

第三十九章

【冤家易結】

看著他嘻皮笑臉的模樣，顧晚晴那個氣啊！他不是走無恥腹黑路線的嗎！裝什麼天真可愛啊！要不是她不會游泳，早一掌拍過去了！

傅時秋卻笑得格外開心，胳膊攬著她的腰，不僅沒往岸上去，反而又朝池中心移了移。

顧晚晴立時緊抱住他的手臂，怒聲道：「快回去！」

「那多可惜。」傅時秋無辜的朝她眨了眨眼，「在京城附近能發現這樣的地方，真的是……」真的是……顧晚晴正等著他發感慨呢，突然就見傅時秋後方的水面有些波瀾，像是有什麼東西在水下疾行！顧晚晴驚呼一聲拍打著傅時秋，「快回去！」

傅時秋莫名的回頭看了一眼，此時那水花已至近前，只聽「嘩——」的一聲，水中竄出一個黑影，在顧晚晴大張著嘴巴的造型背景下，來人亮出手中一塊大石，照著傅時秋的腦門就拍了下去！

「啊、啊、啊……」

顧晚晴語不成調，來人卻雀躍的歡呼一聲，「獸獸！」

……

顧晚晴看看他，又無語的看了看漂在溫泉中扮水母的傅時秋……

「你瘋啦！你把他打死了！」顧晚晴照著阿獸的腦袋拍了一掌，而後……誒？她的腳居然碰到了池底，原來池中心的深度也不過是剛剛過頸而已。

顧晚晴仰著頭摸索著抓住生死不知的傅時秋就往岸上扯，阿獸拉著傅時秋的衣裳，看樣子像是想阻攔，不過接觸到顧晚晴惱怒的目光，他縮了下脖子，就著顧晚晴的力道，把傅時秋托到了岸邊。

上了岸後，顧晚晴也不理阿獸，馬上把傅時秋翻過來面部朝上，便見他的額上被砸出了一條大口子，血流了滿臉，樣子十分駭人！

探探他尚有鼻息，顧晚晴立時伸手按住他的傷口，另一手浸入水中，心中不停默唸「快好起來」，可手中熱度只閃現一下，便又消失無蹤。

想來是因為昨天展示過異能，所以現在能力不足了！眼看著傅時秋的臉色愈來愈白，顧晚晴險些沒哭出來，沒救了嗎？不！絕對不行！

顧晚晴猛吸一口氣，將兩隻手的手心全都對準他的傷處，急迫的執念使得她的心中毫無旁騖，注意力極度集中之下，她似乎感受到了手心與大腦的某種聯繫，手心有一瞬間的燒灼之感，而後，一股洪大的沉重壓力自手心貫入，傅時秋額上的傷口正以目光可見的速度，迅速癒合！

太好了，太好了……

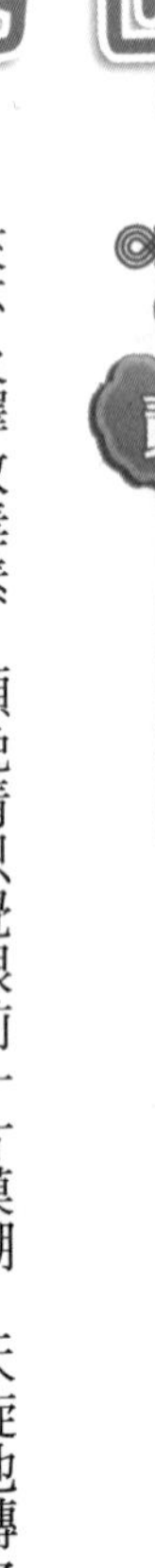

來不及釋放毒素，顧晚晴只覺眼前一片模糊，天旋地轉之後，失去了知覺。

當顧晚晴恢復意識的時候，腦子還是昏昏的，勉強睜了下眼，卻只見一片昏暗，耳邊不斷傳來吵雜的「嗡嗡」聲，漸漸的，嗡嗡聲小了些，不過，另一些說話聲又清晰起來。

「你給她吃什麼？」

「吼……」

「你別亂來……」

「吼……」

「放開她，你這個野人！」

「吼吼……」

「你這個……啊——」

一聲慘叫，顧晚晴覺得這個聲音像是傅時秋。緊接著，她感覺到自己的嘴巴被人扳開，一些扎刺的草葉塞了進來，那些草葉的味道十分難聞，又苦又澀的，她還沒來得及抗議，口中的草葉又被人挖了出去，又過一會，一些與那些草葉味道相似的汁液流入口中，那噁心的滋味……別提了。

那些苦澀的汁液入口後，顧晚晴抵不過昏昏的睡意又迷糊過去，直到再次醒來，睜開眼睛，看到了一個泛著白光的圓圈。

瞇了下眼睛，顧晚晴才看清了，那圓圈是個洞口，陽光灑在洞口前，而她，就在這個洞裡。

顧晚晴撐起身子看了看四周，這個山洞約莫有三十來平方米，兩米左右的高度，看起來倒還寬敞。山洞內部，也就是她所在位置有一些乾枝枯葉，她就睡在上面，旁邊有一個類似於石桌的粗糙石臺，上面擺著兩個缺口的陶罐，裡面有一些水。旁邊還堆著一些形狀奇怪的草葉，她湊過去聞了聞，就是她之前吃的那種。

這是阿獸的家嗎？顧晚晴想站起來，卻沒有成功，身上一點力氣都沒有，頭又開始暈了。她抬手揉了揉太陽穴，卻在放下手的時候看到自己手心的紅痣……竟又變成了豆灰色！

短暫的驚愕過後，顧晚晴隨即釋然。看來她之前的推測沒錯，顧還珠之所以昏迷、這副身體之所以失去異能，就是與使用能力過度有關！不過她現在知道了，這種能力是可以恢復的，至於恢復的契機，她還沒有什麼頭緒，只知道隨著時間的流逝會恢復一些。

因為頭暈，顧晚晴便把其中一個陶罐拿過來，將手浸入其中，想試試能不能透過釋放的方法來驅趕暈眩。

顧晚晴剛把手浸進去，便明顯覺得精神一振，知道這方法有效，便專注精神於水中，不知是不是她的錯覺，她總覺得對異能的控制力加強了，就像現在，她甚至能控制釋放的快慢，她覺得，如果她再恢復能力，一定能發揮更好的效果。

顧晚晴突然對自己的能力產生了莫大的信心，待身體完全恢復後，她仔細觀察雙手，驚然發現手中的紅痣顏色已經恢復，甚至比她之前恢復到的顏色更為鮮豔！

難道……顧晚晴想到之前的失去異能到慢慢恢復……難道是因為那個時候她並不知道異能這回事，所以不懂釋放，才失去異能那麼久嗎？而那段時間裡，她接觸水的機會只有每天洗漱之時，又是無意為之，所以才每天漸消，拖了那麼久！

這對顧晚晴而言絕對是個好消息，之前她還曾擔心如果異能再失去她該怎麼辦，現在的這個發現，總算讓她暫時安下心來。

身心的雙重舒適讓顧晚晴的精神好極了，她站起身來朝洞口走去，剛走到洞口，腳下冷不防竄出一條蛇來，顧晚晴驚叫一聲跳了開去，那小蛇立刻遊了過來，顧晚晴一動也不敢動，口中大喊：

「阿獸！傅時秋……傅時秋，阿獸……」

萬幸，那條翠綠的小蛇只是繞著她的腳邊遊，並不爬到她身上來，也沒有要攻擊的樣子，可顧晚晴看到牠吐出的信子一閃一閃的，還是頭皮發麻，後背也竄起一層冷汗。

就在這時，顧晚晴便聽洞外一陣呼喝，而後兩個野人衝入洞中，為首的是阿獸，後面的是……哦，後面的不是野人，是光著上身的傅時秋。

「獸獸！」

阿獸見顧晚晴醒來極為興奮，一下子就撲了上來，在他馬上就要衝到顧晚晴身邊的時候，傅時秋伸腿一勾……

「吼……」摔倒的阿獸怒吼著撲到傅時秋身上，張嘴就咬了下去！便聽傅時秋一聲熟悉的慘叫……肩頭已有點點血跡滲出。

顧晚晴扶了扶額頭，太混亂了，她覺得她又快暈了。不過她留意到，在這麼混亂的當口，那條小蛇並沒有被嚇走，而是不慌不忙的遊到阿獸身邊，順著他的腿遊了上去。阿獸看了牠一眼，絲毫不以為意，那小蛇一直遊到阿獸的肩頭才停下，勾著他的脖子，懶懶的盤成一團。

饒了她吧！顧晚晴真有一種看《動物世界》的感覺，敢情這小蛇和阿獸是認得的？

這時，咬完人的阿獸也平靜下來，仍是四肢著地的前進，挨到顧晚晴腿邊蹭了蹭。

再看傅時秋，之前光鮮的公子形象早就頹敗得一塌糊塗了，只穿著一條中褲也就算了，頭髮還

亂糟糟的結成一團，露出的肌膚瑩白瑩白的，身上雖然沒有贅肉，但也沒有肌肉，和阿獸一比，簡直沒法看。

「妳沒事吧？」傅時秋按著肩頭咧了咧嘴，「剛剛叫那麼大聲怎麼了？」

顧晚晴指指阿獸身上的小蛇，「剛才讓牠嚇了一跳。」

傅時秋一聽，皺著眉頭踢了阿獸一下，「我都說不讓牠看門了！」

阿獸馬上跳起反擊……看著又打成一團的兩人，顧晚晴徹底無語了。

「妳說，那個時候是不是他打我？」

戰事稍歇之時，傅時秋忿忿不平的指著阿獸，要顧晚晴指證。顧晚晴看看隔在她和傅時秋中間，處於備戰狀態的阿獸，拍了拍他的頭頂。阿獸咕噥一聲，不滿的坐到一邊去，不過沒一會，那條小蛇又遊過來趴在顧晚晴和傅時秋中間，顯然是受了阿獸的指使！

顧晚晴盡力克服對那小蛇的驚懼感，把注意力都放在傅時秋身上，「不是他，是……是隻猴子，估計我們是入侵了牠的勢力範圍，所以才會受到襲擊，之後阿獸才出現，幫我把你救上岸的。」

「猴子？」傅時秋托著腮幫子將信將疑。

顧晚晴嚴肅的點點頭，正義凜然得連她都差點相信了。她想過了，阿獸不會沒理由就傷人的，像上次下毒，是因為那個小二絆了他，而這次，可能是他看到了自己被傅時秋推下水的一幕，所以才認定傅時秋是「敵人」。

「之後也是阿獸找草藥把你治好的，要不然這裡什麼都沒有，你怎麼能醒得這麼快。」顧晚晴繼續暢想，反正異能的事是不能透露的。

聽到草藥，傅時秋的目光移到了石桌上的古怪草葉，雖然仍是皺眉，不過看樣子已是有點相信了。

「後來妳怎麼會暈倒？」傅時秋醒來的時候就在這個洞裡了，他被丟在一邊，而顧晚晴躺在乾草葉上，也昏迷著。

「我……」顧晚晴皺著眉頭糾結了半天，一攤手，「我也不知道，幫你止過血後我就什麼都不知道了，可能也是被猴子打暈了吧。」

看著傅時秋愈加懷疑的目光，顧晚晴扭過頭去擦了擦並不存在的冷汗。這說謊的活，還真不好做！她連忙轉移話題，「我昏迷多久了？」

傅時秋沒再繼續追問了，隨手拿起桌上的一個陶罐喝了口水，「兩天。」而後站起身來，「剛

才我找了點吃的，丟在外頭了，我去撿回來。」

對於這番說辭顧晚晴是一點都不信的，他找的？他一個養尊處優的貴公子，懂得在深山裡找食物？不過她沒問，給他點面子吧！

傅時秋出去了，阿獸馬上湊到顧晚晴身邊來，現出一個燦爛的笑容，又低下頭去，用舌頭舔了舔她的手心。

溫熱、濕潤、軟軟的蠕動……好癢！顧晚晴馬上縮回手來，笑著揉了揉他的頭髮，「你，跟我回去吧。」

她想清楚了，如果任阿獸繼續獨自留在山上，說不定什麼時候他又會下山傷人，與其等到有人大規模的搜捕他、傷害他，不如及早的把他領回人類社會之中，讓他接觸人群，適應環境，學習生活，做一個真正的「人」，而不是一隻野獸。

對於她的話，阿獸仍然懵懂，不過他很享受被她揉著頭髮的感覺，便一動不動的蹲在那，直到顧晚晴頻頻張望洞口。

「阿獸，你們剛剛去哪裡找食物了？傅時秋怎麼還不回來？」

第四十章

【附屬能力】

知道阿獸聽不懂自己的話，顧晚晴也就是那麼一嘀咕，然後就站起身向洞外走去。

顧晚晴出了山洞，站在山洞外的石臺上才看清，這個山洞是嵌在山壁上的，離地面有兩、三米的高度，透過一些高低巨石可以攀到地面去，再往外去是一片茂密森林，相當於一個天然的屏障，這裡當真是十分隱密的。

顧晚晴沒有急著下去，而是站在石臺上環顧四周，很快她就有了發現，在不遠處的樹林中躺著一個人，半天也不動一下，不知是死是活。

傅時秋又中招了？

顧晚晴立刻繫起裙襬挽起袖口攀下大石，同時心裡對傅時秋產生了無比的同情。這得多倒楣啊！先是被她推進水裡差點小命不保，然後挨了阿獸一石頭又來一次悍衛戰警，現在嘛……

「傅時秋！」顧晚晴很快來到了傅時秋倒下的地方，見他面色蒼白的昏在那，她還以為他心臟病犯了，不過查看之後嚇了一跳，傅時秋的額角不知什麼時候又碰到了，又青又紫腫得老高，如果不是剛剛阿獸一直陪著她，她真要懷疑是不是阿獸又施暴了。

看樣子傅時秋是因為這個傷才暈倒的，不過顧晚晴還是摸了摸他的手腕，又趴到他胸口聽了聽，感覺到他的脈象心跳沉穩有力，應該是沒什麼事，這才指揮阿獸把他搬回去。

阿獸很不情願啊！基本上是一路把傅時秋拖回去的，拖到洞內，傅時秋也醒了。

「誰把你打成這樣？」顧晚晴現在是愛莫能助了，只能言語關懷關懷。

「我挨打了？」傅時秋摸摸腦袋，不小心觸到傷處，頓時抽了口冷氣，暴跳起來指著阿獸道：「你這個死小子！一定是你……」

顧晚晴翻了個白眼，等他們打完了才說：「阿獸一直在我身邊。」

傅時秋不太相信，不過顧晚晴堅持這麼說他也沒辦法，只能一次又一次的回想自己昏倒前的經過：「好像是……走著走著頭就疼了……」

傅時秋正說著，突然聽到阿獸一聲低吼撲至石桌旁邊，顧晚晴轉過去看了看，便見那條翠綠的小蛇翻著肚皮躺在石桌上，像是遇害了。

阿獸「吼吼」的急叫個不停，而後猛然抬頭怒視傅時秋，怪叫一聲撲過來……

顧晚晴是徹底懶得理他們了，到石桌旁仔細看了看，突然使勁睜了睜眼睛。

是錯覺吧？她竟然覺得這小蛇的腦袋上也腫了個大包！要知道，這小蛇不過兩指粗細，雖然生得還挺圓潤的，但想瞄著牠的腦袋給牠來這麼一下也太有難度了，而且誰會這麼無聊，想要這條蛇的命，一腳踩死就得了，還搞罪案現場？

顧晚晴瞪圓了眼睛仔細查看，看到命案現場灑了點點水漬，而那水漬正是從一個陶罐中延展出來的，而那個陶罐……顧晚晴霎時驚悚！

這個陶罐，是她用來釋放毒素的那個啊！而她也有印象，傅時秋在出洞之前，的確喝過一點什麼，難道……

再看看傅時秋額角上的傷，還、還真有點像他之前受傷時的樣子，角度什麼的都對，就是沒那麼嚴重。

顧晚晴呆滯了半天，也就是說……她現在不只是治癒系，還是拷貝系，能把別人的病情拷貝下來，要是誰沾著……那可真是倒楣了！

雖然只是推斷，但顧晚晴覺得這種可能性還是很大的，看了一眼正打得熱鬧的兩個人，她偷偷把陶裡的水倒到角落去，然後才撿了根樹枝，捅了捅那條小蛇。

「你們打完沒有？」顧晚晴收起樹枝，「阿獸，你朋友沒死。」

顧晚晴的阻止根本沒用。

光從戰鬥力來說，雖然阿獸腿上的傷還沒好全，但也比傅時秋強多了，正占上風的時候，說什麼也不管用，直把傅時秋另一邊額角也打出了一個對稱的大包，這才心滿意足的回來看他的小蛇兒弟。

傅時秋這段時間可是倒了楣了，之前種種就不說了，自從與阿獸相遇後，他挨打的次數比他這輩子加起來都多，雖然他每次都頑抗，但每次都沒有效果，以至於他暗中發誓，等回去以後，一定要勤練功夫，反正他現在的心疾也沒以前那麼嚴重了，簡單一點的體力運動還是吃得消的！

傅時秋暗下決心之際，顧晚晴已經開始著手幫阿獸收拾東西了。

其實阿獸根本沒什麼好收拾的，就那兩個陶罐。但是顧晚晴覺得，陶罐也不是土裡長出來的，肯定是有人給他的，或許裡面還有一段說不得的傷心往事，比如說是他父母的遺物之類的，所以，一定得帶上。

就這樣，收拾好東西，顧晚晴宣布出發。

阿獸自然還是戀戀不捨的，他大概以為顧晚晴又要自己走了，所以情緒很低落。沒辦法，顧晚晴就在地上畫了房子，還畫了個留著小辮的簡體人，對著自己指了指，等阿獸表示理解後，她又畫了一個四肢著地長頭髮的人，指了指阿獸。最後，她把這兩個人一起畫到房子裡，又拉起阿獸的手握了握，示意是他們兩個。

阿獸歪著頭想了半天，終於懂了。

在阿獸的帶領下，顧晚晴三人便朝山下而去。路上傅時秋不停的問：「妳真要帶他回去？」、「妳家人會同意妳養他？」、「他是個公的誒……」

顧晚晴很無語，一路無視。

至於傅時秋說的問題她早就想好了，她可以讓阿獸住在一個偏遠的獨立院落中，然後找老師去教他說話和各種生活常識，顧家有那麼多下人，必要的時候也可以起到看管阿獸、不讓他到處搗亂的作用，她相信用不了多久阿獸就能明白一些基本的道理。

至於顧長德會不會同意……顧晚晴想，她會有辦法讓他同意的。

就這樣，三人一蛇回到了葉家的茅草屋。此時葉顧氏居然在家，見到顧晚晴回來，抱住她就是一頓痛哭，葉顧氏說她和葉明常從京中回來的時候見到了那個車夫和傅樂子，聽他們說顧晚晴和傅時秋進山後並沒按約定的時間回來，葉明常馬上帶了他們兩個去找，結果找了兩天也沒有結果，葉顧氏還以為他們又被野人害了……

顧晚晴就那麼被葉顧氏抱著，聽她邊哭邊說，差一點，顧晚晴也跟著哭了。

她才剛剛拋棄他們啊……顧晚晴緩緩的吸了口氣，忍回眼角的濕意，回頭指著縮在院子一角的阿獸說：「娘，我找到阿獸了，以後他和我們一起生活。」

葉顧氏怔了一下，顧晚晴笑著說：「我又反悔了，我不回顧家了。」

或許她回到顧家對他們的將來都好，可以讓葉家擁有安穩的生活，也不必在別離時因感情過深而受到傷害，但，她還是反悔了。

安穩生活什麼的，還是由他們自己來創造吧！至於別離的傷害，難道現在的分別對他們來說就不是傷害嗎？同樣是傷害，為什麼不讓它來得更晚一點呢？

不料葉顧氏卻憂心起來，想了良久勸慰道：「這樣不好，妳還是回顧家去，在那裡才能學到東西。至於阿獸……」她回頭看了看正以手試探的摸著門後鐵鏟的阿獸，笑了笑，「我和妳爹會把他照顧好的。」

顧晚晴搖搖頭，沒說什麼，可心中主意已定，是誰也勸不回來了。

到了晚上，葉明常等人從山裡出來，見到顧晚晴自然高興。樂子抱著傅時秋嚎啕大哭，蹭了他一身的鼻涕，看得顧晚晴直噁心。

對於顧晚晴的決定，葉明常像上次一樣，沒有多說什麼，只是看了看蹲在地上和小蛇玩的阿

獸，與顧晚晴沉聲道：「收留他不是不行，不過他畢竟是個男人，妳不好多接觸。這樣吧，妳和妳娘仍是到城裡打理衣服鋪子，阿獸和我留在這，我先教他聽話說話，他也能幫我整理整理藥田什麼的。」

葉顧氏雖然覺得阿獸可憐，卻也覺得這個主意好，畢竟她要為顧晚晴的名聲著想，末了還拜託傅時秋不要把這件事說出去，否則一個雲英未嫁的姑娘領回一個野人到家裡，好說不好聽。

這件事傅時秋自然答應，又由傅時秋出面安撫了那個車夫，這件事總算是這麼定下了。

第四十一章

【爲難】

不過，雖然是不回顧家去住了，但仍是得去顧家，給顧長德一個交代，還有報名的事，萬不能耽擱了，就算不為了天醫玉、不回去，她也得有一技之長能在這裡生活下去才行。光憑她那時靈時不靈的異能？那也得有個名義啊！她現在對醫術一竅不通，兩句話就能露餡，誰會找她治病？難道要她打個「包治百病」的旗出去，用跳大神做掩護？

顧晚晴倒是細想了一下這個可能性，最後還是否決了。

早上吃過飯後，顧晚晴就與葉顧氏和傅時秋一同趕往京城。阿獸見顧晚晴要走有點慌，手足無措的站在院子裡，等顧晚晴上了馬車後，他就蹲到馬車前面，衝著馬匹齜牙咧嘴的嚇唬牠們，不知道是不是阿獸長年在山中沾染了野獸的味道，兩輛馬車的馬匹都嚇住了，有一匹還向後退了幾步。

到後來，那兩匹馬都有些煩躁起來，根本沒法走。顧晚晴只能下了車去勸阿獸，但根本沒用。人馬僵持了將近半個時辰，阿獸的速度也快，不管車夫和欒子把馬撥向哪個方向，他都能第一時間竄到前面去，沒辦法，最後還是葉明常想了個折中的辦法——帶阿獸一起去吧。

帶阿獸一起，當然葉明常也得去，他們與傅時秋共乘。共乘……和傅時秋……雖然顧晚晴覺得這不是什麼好主意，但她急著要回去向顧長德交代，也就同意了。又連說帶比劃兼畫圖的折騰了半天，終於讓阿獸相信他是和顧晚晴一起走，爽快的上了馬車。

大家都鬆了口氣，不過等車動起來，麻煩又來了。阿獸堅持要看到顧晚晴，如果看不到她，他就要打傅時秋洩憤，誰攔也不好使！

最後，兩輛馬車盡量保持並行，並且兩輛車的車窗簾都掀開，從顧晚晴的角度，剛好能看到一臉燦爛笑容的阿獸，以及在他身後，臉色陰鬱得幾乎滴水的傅時秋。

對此，顧晚晴只能深表同情。

待馬車一路行至京城時已經快到中午了，顧晚晴謝絕了傅時秋的午餐邀約，把葉氏夫婦連同阿獸送到衣鋪中去，就乘車回了顧家大宅。

這次回來還算順利，因為阿獸已經沒力氣阻攔了——他暈車了。

顧晚晴回到顧家大宅後並沒有馬上見到顧長德，做為顧氏家主，他的忙碌要遠超顧晚晴的想像，此刻他進宮為太后診病去了，最快也得下午才能回來。

結果，說是下午，顧晚晴直等到夜半三更，顧長德才滿臉疲憊的步入書房之中。

「妳的住處給妳安排好了，就住半夏居吧，離天醫小樓也不算遠。」顧長德說完，從抽屜中拿出一張房契，「這個拿給妳義父義母，從今往後，拾草堂的差事也不必做了，每個月會從公中撥十

兩銀子過去給他們花銷。」

顧長德大概真的很累，很快的說完後，隨意擺了擺手就要出去，根本沒問顧晚晴這兩日的情況。

「二叔。」顧晚晴馬上站起身，「我改了主意。」

顧長德腳下一頓，半轉過頭來，等待下文。

顧晚晴便將自己還想與葉氏夫婦同住的事說了出來，而後又搶先說道：「有關異能的事我在此啟誓，除了二叔外絕沒有向其他人透露，將來也不會隨意透露，至於使用……如非生死關頭，我不會在二叔授意之外使用。」

聽著她的話，顧長德愣了一下，隨即皺起眉頭，「還珠，此事非同兒戲，妳在外一天，秘密洩露的危險就大一分，二叔有此決定都是為了妳、為了顧家著想，妳怎地這麼不懂事！」

顧晚晴低頭受教，可態度沒有絲毫轉變。顧長德見她如此也有些動氣，之前她見了她的義父母，就跟不認識一樣，有什麼道理做了六年多的陌生人，現在又來扮感情深厚？

「還珠，妳若不回顧家來，以後就別做『天醫』了！」顧長德今日心情本就欠佳，此時更是極為不耐，沉著臉硬聲道：「是繼續留在葉家，還是回來報名參選『天醫』，妳自己決定！」

顧長德說完轉身就走，絲毫不給顧晚晴說話的機會。

顧晚晴在書房裡愣了半天，怎麼……又這麼嚴重了？葉家和參選「天醫」有什麼必然的聯繫？為什麼非得這麼二選一？

看著桌上那張沒有收起的地契，顧晚晴伸手摸了摸，但終是沒有拿走，叫了車夫連夜送自己回到成衣鋪子。

還未開張的鋪子特地留了一扇門輕掩著，顧晚晴推動門扉的時候，心裡也有一個天平似乎隨之傾斜，一邊是只為家族考慮的叔叔，一邊是會為她半夜留門的養父養母。

剛進到屋裡，一個黑影就撲了過來，跟著便是葉顧氏的驚呼：「阿獸，快鬆手！」而後放了學的葉昭陽與葉明常一同把巴在顧晚晴身上的阿獸弄走，葉顧氏就拿著手巾過來給她擦臉，又萬分小心的問：「怎麼樣？二老爺同意了嗎？」

「嗯，他同意了。」顧晚晴肯定的點頭，絲毫沒有猶豫。

「太好了！」葉顧氏極為喜悅，「妳吃晚飯了沒？我去給妳熱熱……」她說著話就去了，根本不給顧晚晴選擇的機會。

顧晚晴心裡暖暖的，本有些失落的心漸漸又變得鮮活起來，她叫來葉昭陽，「今天都學了什麼？有空給我講講。」

有這些人的支持，她怎麼能夠放棄！

那些密布的陰雲很快都消失了，顧晚晴，重新振作了！

不過重新振作的內容還真多，包括收拾鋪子、閱讀醫書、勤練異能和……送阿獸回家。

這真是個難題，最後還是顧晚晴想到的，帶著他乘車去遊京城，然後……葉明常就很順利的帶著他走了。

為了防止他醒來後瞎折騰，顧晚晴特別給他畫了封信，大意是讓他好好向葉明常學習，爭取早一天，他們能流利對話！

送走阿獸後，顧晚晴就恢復了她的忙碌生活，轉眼過了三天，鋪子的前期工作總算忙活得差不多了，只等到廟裡求個好日子，擇日開業了。就在這天，顧長德派人來找顧晚晴，顧晚晴到達顧府的時候，顧長德正在府外站著，旁邊還停著兩輛馬車。

見了顧晚晴，顧長德連寒暄都沒有，逕自直奔主題：「還珠，妳的能力，現在能用嗎？」

第四十二章

【做個交易吧】

聽到顧長德的話，顧晚晴愣了一下才反應過來他在說什麼，看著他半天沒有說話。

顧長德大概也是想起上次不歡而散的事，尷尬的咳嗽一聲，隨意又緊張起來，示意她上了車，「先談正事吧。」

也就是說不怪她住在外面的事了？顧晚晴便想了想他之前的問題，答道：「應該沒問題吧，我這段時間都有訓練，已經越來越純熟了。」

聽著顧晚晴仍是欠了點信心的回答，顧長德長嘆了一聲，閉上眼睛靠在椅背上，緩緩開口：「太后的消渴症，已至末期了。」

消渴症？

顧晚晴這段時間只看最基礎的醫書，並未看到提及消渴症，不過以前她倒是聽說過，所謂的消渴症，就是糖尿病吧？她有個同學的親戚就是糖尿病去世的，她還陪同學去探望過，最後似乎併發了心臟衰竭，十分痛苦。

顧晚晴想，就算在醫學比較發達的現代，糖尿病也是無法治癒的難症，何況現在？不過那是太后，又不能說沒救了，所以顧長德才會這麼急吧？

「太后的身體原本保持得不錯，不過從前段時間開始她不再召我入宮診病，直至最近病情急劇反覆，今日又延誤了病情，我與大長老趕至宮中，太后的病情……已回天乏術了。」顧長德說著睜眼，看了顧晚晴一眼，「太后的身體此前一直由我調理，之後雖移交宮內御醫，但太后一旦出了什麼事，皇上盛怒之下，我顧家也難逃干係。此次，我是藉著取八寶回春散之機方可出宮，只想問問妳，可有把握？」

聽到這，顧晚晴總算瞭解了個大概，可「把握」這種事，實在太難捉摸，就像她第一次向顧長德做展示的時候，都信心爆棚了，結果呢？

「如果要完全治好，恐怕我不行。」想了半天，顧晚晴還是覺得不是很有把握，畢竟這跟治療小雞小狗什麼的並不一樣。

「不用完全治好！」顧長德也是實在沒辦法了，才將這最後的希望託付在這個不是很可靠的姪女身上。

他認真的看著顧晚晴，「事實上，就算妳有能力，也不可完全將太后治好。如果太后瀕臨垂危，卻在一夜之間康復如昔，妳覺得別人難道不會起疑？況且妳上次為我治療之時，我隱約感覺到痛處有被治癒，我的狀況輕微都有感覺了，何況一個身患重病之人？總之，一旦有人懷疑，這件事便有暴露的可能，到時候不要說妳，我們整個顧家，怕不都要擔上妖孽之名一併焚死！」

這番話說得顧晚晴寒毛豎了一背。

的確，她之前並沒有想得太多，對異能的保護度也遠遠不夠，不說阿獸，只說人類社會的，她甚至在眾目睽睽之下為傅時秋治病！再想到近來傅時秋對自己的熱情程度……顧晚晴頓時就是一驚！

難道說，他就如顧長德所說，於醫治過程中有所察覺，所以才態度大變嗎？

這件事顧晚晴越想越是心慌，最後竟有些坐不住了。不過，她始終沒有勇氣向顧長德透露這件事，不管怎麼樣，現在她的異能並沒有暴露，可能只是她想太多了。至於隱瞞的更深層原因嘛……是她怕顧長德知道後，更不會容她住在葉氏夫婦身邊了。

顧長德顯然已經急到不行了，並未察覺顧晚晴的失態。不過在進宮前，他還是拉住顧晚晴低聲囑咐：「記住，不可治癒太過，只讓太后甦醒便可，我與大長老自然有辦法為太后延壽。」

縱然顧晚晴覺得能治不治對一個患者來說是多麼的殘忍，可顧長德的顧慮也不是沒有道理，事關整族人的性命，就算顧晚晴的瓤子裡並非真正的顧家人，卻也懂得衡量哪邊更為重要。

她鄭重的答應下來，此時馬車也已駛近皇宮……

顧晚晴低著頭跟著顧長德進了慈寧宮正殿，顧長德進門便跪，「參見皇上、太子殿下，參見太妃娘娘、玉貴妃娘娘、麗妃娘娘……」

顧晚晴是跟著顧長德拜倒的，根本沒來得及看屋裡有誰，現在聽他一唸叨，屋裡的人還真不少，虧得他能記住那麼多。

顧長德還沒唸叨完，一個似乎有些微沙啞的嗓音響起：「藥取來了嗎？快給母后用上。」

顧長德立時應聲，領著顧晚晴就往後方的寢殿而去。

快到寢殿之前，顧晚晴突然聽到一聲輕咳，不自覺的抬眼望去，便見傅時秋立於大殿一角看著她，眼中既有擔心，又有探究。

想到自己的秘密有可能已經被他發現，顧晚晴就一陣的彆扭，又因不合時宜，馬上低下頭，匆匆跟著顧長德進入寢殿。

他們進來之後便有一人迎了過來，卻是大長老。大長老滿目了然的看了顧晚晴一眼，而後才看向顧長德，「有把握嗎？」

顧長德嘆，「只能一試了。」

大長老也頗為無奈的點點頭，讓殿內宮女暫時迴避至紗簾之外後，才以目光示意顧晚晴過去。

顧晚晴走到嵌金砌玉的華美大床前，見床上躺著一個形容枯瘦、面澤蒼灰的老婦，她雙目緊閉，沒有絲毫知覺的模樣。

深深的吸了一口氣，又猛然吐出，感受著顧長德與大長老的視線，顧晚晴心裡不由自主的緊張起來。

一定要成啊！一定！

第四十三章

【學海無涯】

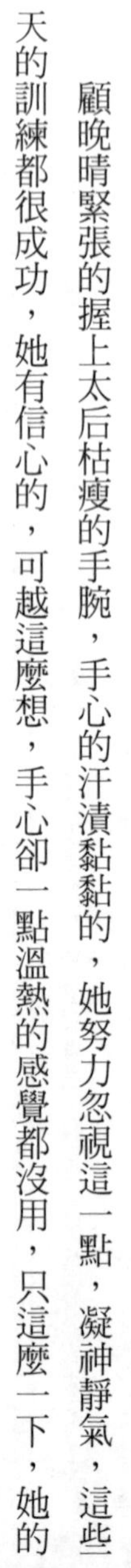

顧晚晴緊張的握上太后枯瘦的手腕，手心的汗漬黏黏的，她努力忽視這一點，凝神靜氣，這些天的訓練都很成功，她有信心的，可越這麼想，手心卻一點溫熱的感覺都沒用，只這麼一下，她的額間就見了冷汗，收回手來，在衣服上蹭了蹭手。

旁邊的顧長德見狀，面色極為難看，正要上前之時，搭診著太后另一側手腕的大長老擺手制止住他，抬頭看向顧晚晴道：「再試試。」

顧晚晴點點頭，又使勁在衣服上蹭了蹭手中的汗水，呼一口氣，將兩手同時覆上太后的手腕。這一次，幾乎沒感覺到什麼阻礙，顧晚晴甚至能感覺得到那股沉重氣息是順著自己哪一條經脈湧進來的，只消片刻，便聽大長老低喝：「行了！」

顧晚晴立時撤開手，大長老與顧長德則合力將太后翻轉過來背部朝上，隔著絲質中衣，幾乎不必費神認穴，每人一側，幾枝銀針便已刺入太后的腰腎處。銀針在他們的施展下時而輾轉、時而點刺、時而輕振，他們的手法輕靈至極，一圈下來，竟然每枝銀針都在輕動，無一是靜止狀態。

顧晚晴偷偷在水盆中釋放出毒素後，目光徹底被大長老與顧長德的手法吸引住，再看太后臉上神情，果然較之前稍有舒緩，但面色依然蒼灰難看。

再看大長老與顧長德二人，都是極度的專注，那旁若無人、甚至連自己身處何方都好像已經忘掉的目光讓顧晚晴心生敬佩。這才是真正的醫者啊！這種把瀕死的病人一點點搶救回來的感覺，顧晚晴似乎有點懂，但又懂得不太完全。

就在大長老與顧長德專心施針之時，太后突然極短的「噫」了一聲，而後便見太后下身處的衣褲迅速濕濡，竟是失禁了。

大長老與顧長德卻是極喜，齊齊喚道：「快來人，為太后進水！」

紗簾外的宮女立時魚貫而入，她們顯然已極為適應這種狀況，乾淨的襯衫衣服都已準備妥當，將顧晚晴三人暫時請出後，只消片刻便已打理妥當，又將三人復請回去。

顧晚晴便見顧長德親手調好一碗汁水，示意一個宮女給太后服下。

可那宮女卻猶豫了一下，看向一個中年宮女。中年宮女沒有接那玉碗，而是先聞了聞，向顧長德道：「顧先生，這可是白梨汁？」

顧長德略一點頭，中年宮女懇切道：「顧先生醫術超絕，奴婢不敢非議，只是宮中太醫診後太后為消渴之症，必禁甜食，太后乃千金之軀，若有差池，這個責任不是奴婢承擔得了的，還望顧先生請太醫們進來，當面示之，也好解奴婢之難。」

顧晚晴理解這番話的意思就是太后得的是糖尿病，還給她喝甜的，出了事情你得自己扛著，別

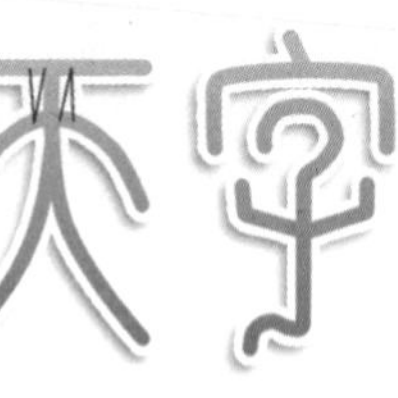

連累我們。

這是在質疑顧長德的醫術了，顧長德的面色就變得有點難看，「絲姑姑請便吧。」

那絲姑姑彷彿沒看到顧長德難看的臉色一般，毫不客氣的示意宮女向外報訊。

沒過多久，便聽腳步聲接踵而至，一個略帶沙啞的聲音在外響起：「母后可醒了？」

聽到這個聲音，顧長德連忙把手中梨汁交給顧晚晴，快步朝外室而去。

大長老並未與顧長德同行，而是在床前繼續為太后施針，手法極穩，好像外界發生的一切都與他毫無關係一般。

那邊顧長德正在給泰安帝講解太后病情，當說到要哺以梨汁的時候，另一個稍含怒意的聲音急道：「顧先生莫非對我們的診治有所懷疑？顧先生之前也診斷太后乃是消渴之病，是萬不能進補甜食的！如今太后病水已排，只消餵以清水即可，以免加重腎膀負擔，這麼簡單的道理，難道顧先生不懂？」

這個擰著氣的聲音顧晚晴聽著耳熟，是她上回入宮時見過的那個于太醫吧？上次他也是氣鼓氣鼓的。

又聽顧長德道：「消渴症也分多種，太后並無併發眼疾和水腫，亦無經絡損傷，只是單純腎不攝水的水崩之症，始於太后多年前的產時損傷，與食不食甜並無半點關係！太后如今體虛，不可直接用藥，梨有治風熱、潤肺涼心、消痰降火和解毒的功效，是一味治療消渴病的良藥，《拾草筆遺》中也有以梨治消渴症之記載！」

「顧先生的話恕于某不能贊同！」于太醫的聲音撥高了一調，「太后脈搏細數，舌質潮紅，津唾不足，時常口乾頭暈，腰腿痠痛，食甜則面色漲紅脈絡不暢，俱是下消症的表現。顧先生之前一意孤行只針對水崩之症而行藥，並要太后日日以蘿蔔為食，害得太后時常腹脹氣滿，甚至擔心在人前有不雅之險而深隱內宮，結果如何？結果便是太后今日病情加重！」

「你！」顧長德的聲音終於也摻了些怒意，立時駁道：「太后經顧某診治時下消症已然減輕，只是有人進讒令顧某不再見信於太后，又按錯誤方法為太后醫治，使得太后病重錯迷，簡直就是庸醫！」

這是要吵架了吧？顧晚晴在內室聽得囧囧有神。果然大夫都是傲嬌的啊，世故如顧長德，就算當著皇上的面，也不容許有人質疑自己的醫術，甚至據理力爭，真讓顧晚晴對他有所改觀。

很快外頭的爭辯聲漸大，聽起來又有人加入了太醫團表示支持。不過顧長德也不差，顧晚晴聽到幾嗓子柔柔的支持聲，應該是後宮的娘娘說話了。

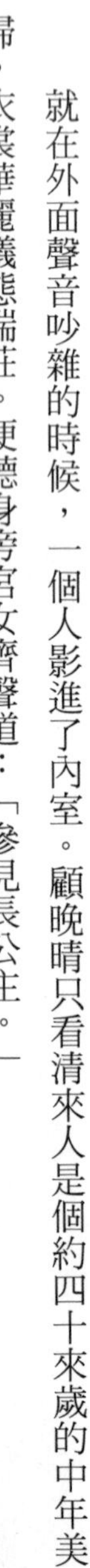

就在外面聲音吵雜的時候，一個人影進了內室。顧晚晴只看清來人是個約四十來歲的中年美婦，衣裳華麗儀態端莊。便聽身旁宮女齊聲道：「參見長公主。」

「不必多禮。」長公主的聲音柔和動聽，讓人一聽便心生親近之意。她走到顧晚晴身邊看了看她手中的玉碗，問道：「這就是給太后進食的梨汁？」

顧晚晴連忙曲膝，「是。」

長公主點點頭，又轉向床邊侍立的大長老，「顧長老，顧先生剛剛在外所說的結論，可是你們共同確診所得？」

大長老略一躬身，「不錯。」

「既然如此，還耽誤什麼！」長公主回身便將玉碗奪去，動作可比她的聲音爽利多了。她逕自走到床前，示意身後宮女將太后扶起，自己則親自動手給太后餵食梨汁。

長公主動手，沒人敢阻攔，就連絲姑姑也一動不動的，直到長公主將一碗梨汁全給太后餵了下去，她才上前請顧晚晴他們出去，卻是太后又行水了。

此後，依著大長老所說，長公主又連給太后餵了兩小碗梨汁，太后也每每汁水下肚便有水行出，但兩次下來，行水的時間已大大延遲了。

內室都換了好幾回襯衫了，外頭的辯論還沒結束，不僅如此，還有愈演愈烈之勢，最後還是太后安睡後他們退出去，長公主宣布說一切已經搞定了。

于太醫登時就暴走了，顧晚晴跟在長公主身後看得很清楚，于太醫的眼睛瞪得像探照燈似的。當然，他不敢照長公主，全照到顧長德和大長老身上了。

由於前面有長公主做掩護，顧晚晴在後面便少了幾分約束，偷偷抬眼望去。

坐在首位身穿明黃常服以指扶額的四旬男子，不必說自是泰安帝。顧晚晴特地看了看他的臉色，果然白中泛青，不是什麼健康底子。當然，也有可能是被剛剛那場辯論鬧騰的。

泰安帝旁邊那個擁有狹長笑眸的，便是當今太子袁祉玄。

彷彿感覺到她的注意，袁祉玄抬眸反視，正與顧晚晴對視個正著，顧晚晴慌忙垂下眼去。過了一會顧晚晴再偷偷抬頭，竟還是對著他！他居然一直看著她，唇邊噙著笑意，視線沒有動過。

不過，他似乎並無惡意，朝她安撫的笑笑，而後才移開目光，好像剛剛的停留只是為了安撫，讓她不要緊張。

就在顧晚晴有些緊張的時候，她察覺到有一束目光注視著自己。她緩緩的轉頭找了一下，便見殿外門口處站著兩人，其中一個看著自己的正是傅時秋，他不像平時那樣嘻皮笑臉，反而若有所思

的盯著她。他旁邊的人感覺到她的目光也回過頭來，卻是聶清遠。

此時泰安帝下令大長老與顧長德都得留在宮中，以便隨時照看太后。大長老與顧長德齊齊應聲。大長老又道：「請皇上下旨將顧氏之女還珠一併留於宮中，做我二人助手。」

泰安帝微微點頭，並不反對。

只有于太醫還是忿忿不平的，一個勁的放狠話，「既然顧先生堅持自己的論斷，將來太后有何不妥，顧先生是否能夠承擔！」

顧長德面色微紅，顯然在剛剛的辯論中氣得不輕，他正要說話，便聽大長老道：「于太醫，想要知道太后到底是下消症還是水崩症很簡單。」說完他朝一個宮人道：「將太后剛剛換下的被褥拿來。」

那宮人看了看泰安帝，泰安帝微一點頭，宮人連忙就去了。

不一會宮人回來，抱回兩條被子，上面沾了些濕濡的痕跡。

太長老指著那濕處道：「若是下消症，行水必甜，如為水崩則無甜味。于太醫既然不信我們的論斷，那麼只須一嚐便可辨定是非！」

顧晚晴差點為大長老拍手叫好，真高招啊！將了于太醫一軍，如果他不嚐，自然站不住理，如果他嚐了……咳，顧晚晴覺得胃裡有點攪。

于太醫聽完這話也是極怒，一雙眼睛瞪得啊……

顧晚晴覺得自己平凡的詞彙量是難以形容出來的。

大長老卻是面容嚴肅，又出乎所有人預料的，伸手沾上那濕濡之處，而後迅速將食指含入口中，微微皺眉，似在品味。

這一下，于太醫沒招了。

本來嘛，身為醫者，為明辨醫理有什麼做不得？何況那人還是太后，別說是……就是……嗯，大家都懂的。最關鍵的是，大長老這招太狠了，人家都動手了，你于太醫這個時候能退？就算明知是輸，為表忠君之義也得出手啊！

於是，于太醫動了！以毫不遜色於大長老的速度沾取入口，品味一番後面現愧色，跪至泰安帝面前道：「為臣無知，險些耽誤太后病情，請皇上治以重罪。」

他這麼說，便是證明大長老和顧長德的話是真的，同樣的頻渴頻尿，但行水不甜，說明太后只是水崩症，而並非下消症。

雖然于太醫輸了，可他的舉動贏得了泰安帝的認同，並未降罪，反而還勉勵了幾句。

最後于太醫當眾表示要向大長老學習。注意，是大長老，他把顧長德無視了。

這又是試驗又是表白的，也耽擱了一陣時間，當泰安帝宣布散場的時候已近深夜了，顧晚晴隨著大長老一同回往暫住之處。

待四下無人之時，顧晚晴才向大長老表達了自己的仰慕之情，什麼「醫德超重」啊、「仁濟為懷」啊、「辯求真理」啊……

大長老默默的聽完，才嚴肅的對她道：「醫者雖不畏骯髒，但有時更要相信自己的醫術，而非舌蕾。妳這次參選天醫選拔，也要切記此事，萬不要依賴自己的能力，而荒廢了醫理醫術之究！」

顧晚晴連忙應聲以示受教，大長老又道：「至於遇到像于太醫那樣的偏激之人，更不可強辯，智取方為上路。」

「智取？」顧晚晴頓時覺得鴨梨山大啊！她最缺的就是這個！

大長老這時才慢悠悠的伸出剛剛試驗的左手，「剛剛我是以中指相沾，嚐以食指，而他……嘖嘖！」

顧晚晴……相當受教。

看來她的學習之路，還很長啊！

第四十四章

【爭執】

顧晚晴就這麼在宮裡待了下來，原本她以為自己、大長老和顧長德這個無敵鐵三角組合會很快讓太后的病情穩定下來，她也就能出宮了。可這都過了四、五天了，在大長老的有意控制下，太后的病情每天就那麼不溫不火的持續著，幾天內就醒過來兩次，治療效果讓泰安帝很不滿意。

顧晚晴也有心事，那天被顧長德找來的時候匆匆忙忙的，只和葉顧氏簡單交代了一句去顧宅，雖然她後來託顧長德再派人過去通知葉顧氏，但看顧長德之後提都不提那件事，估計是早忘到一邊去了，顧晚晴最擔心的是如果一直沒有她的消息，葉顧氏不知會急成什麼樣，會不會以為她又叛變了？

她心裡有事牽掛，整個人就總顯得不太有精神，直到今日去給太后請脈時又在慈寧宮見到了傅時秋，才算是高興起來。

傅時秋並不每天入宮，又因為顧晚晴沒事的時候都待在太醫院，所以就算他入宮也未必能碰得上，今天算是巧了。

只是，顧晚晴有意找傅時秋說話，可傅時秋卻幾度無視她的目光，只顧著和一旁的太子說話。最後還是太子發現了她的異樣，擺手制止住回報太后病情的顧長德，看向顧晚晴笑道：「妳想說什麼？」

立時，殿內所有人的目光都朝她射過去，長公主、傅時秋、大長者、于太醫……顧晚晴沒辦法，只得說：「回太子殿下，民女是見傅公子最近的臉色好了很多，不帶病色，所以好奇多看了兩眼。」

顧長德聽罷這話皺了皺眉，看向她的目光中就帶了些不滿。

袁祉玄笑了笑，目光轉向傅時秋，盯了他半晌，才道：「不說還不覺得，這麼一說，我也覺得你的臉色較之前好了許多，怎麼？最近換了調理的大夫？」

傅時秋懶懶的倚在椅子上，聞言笑說：「哪兒跟哪兒啊，我是試了試去羅貢上來的羅粉，你看看……」說著他朝袁祉玄靠了靠，指尖點在自己臉上，「還挺滑的。」說完他見眾人表情各異，又沒什麼正形的哼哼笑道：「真是少見多怪，現在流行這個。」

袁祉玄無奈的笑著搖搖頭，「你可真會胡鬧，倒辜負了顧姑娘的一片關切之情了。」

傅時秋撇撇嘴，沒有說話，面上譏誚之色一閃而過。

這種神情讓顧晚晴很不舒服，傅時秋對她好像又恢復成原來的不屑了似的，之後的主動示好和在山間發生的那些事，難道都是她在做夢嗎？

她正狐疑不止時，長公主沒有過多神情淡淡的道：「時秋的病情有太醫時時跟進，有好轉不足

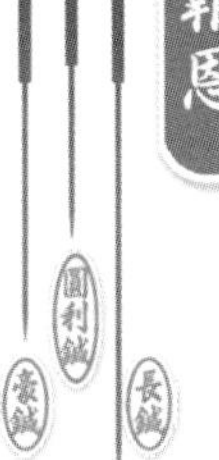

為奇，妳現在跟隨顧先生為太后診病，還是專心一些為好。」

顧晚晴連忙應聲，退至一旁再不敢抬頭。直到送走太子等人後，她與顧長德和大長老一齊離開了慈寧宮。

顧晚晴這一路上都在琢磨，除了擔心葉顧氏，就是想著剛剛傅時秋的態度，她還以為他們化敵為友了呢，原來沒有嗎？

就在快到太醫院的時候，一個人在前方攔住了他們的去路，正是傅時秋。

顧晚晴只是看了他一眼就低下頭去，不管是因為什麼，剛剛他的態度已說明一些問題，那就少接觸為妙吧。

傅時秋卻似乎專為她而來，對大長老與顧長德道：「請二位先行吧，我有話要對她說。」

大長老看都沒看顧晚晴一眼，稍一欠身就走了。顧長德倒是看了顧晚晴一眼，眼中的色彩名為「警告」。

顧晚晴都被他弄得煩了，不管到哪去、幹什麼他都警告，她就那麼傻嗎？會把有能力的事滿世界宣揚，然後等著別人視她為妖最後弄死她？簡直就是……

「你找我有事？」傅時秋的話打斷了顧晚晴的腹誹。

顧晚晴看看他，也看不到之前的譏誚了，難道又是錯覺？不過她心中雖有疑問，但出於對葉顧氏的擔心，她還是直說了：「你能不能去幫我看看我義母？我進宮這麼多天也沒跟她說一聲，我怕她擔心。」

傅時秋先是很認真的聽，然後雙手環胸的看著她，最後意興闌珊的笑了笑，「原來是因為我又有用了，才想找我。」

顧晚晴一愣，「什麼？」他說的話她一個字都聽不明白。

「少來這套了。」傅時秋揚著眉，眉間帶點不屑，「我上一次當就夠了。」

「你到底在說什麼啊？」顧晚晴莫名其妙的，「不想幫忙就算了，說什麼亂七八糟的。」說著她繞過他想走。

傅時秋哼笑一聲，「妳的戲還真不錯，我差點就信了，真的。」

顧晚晴頓感無力，這種連損帶嘲弄的口吻讓她本來就有點鬱悶的心情變得不好起來，「你會不會好好說話？陰陽怪氣的顯你氣長啊？」

「我本來就這樣。」傅時秋微揚著下頜，目光斜睨著顧晚晴，眼中閃動的多是厭惡與怒氣，可

他卻一直在笑，笑得心無城府的模樣，「所以我才佩服妳，居然能讓我相信妳是真心對我好的，然後再心甘情願的被妳利用是嗎？」

顧晚晴徹底怒了，「我利用你？你有病吧你！我利用你什麼了？我是吃你喝你還是讓你殺人放火了？」

面對她的怒氣，傅時秋寸步不讓，「妳利用我幫妳退婚！妳知道這件事極易引皇上動怒，只有我這個不怕死的能最大程度的幫妳！所以妳故意接近我對我好，那天將我推下水也是安排好的吧？妳後來才能表演得那麼精彩，讓我徹底做了一回傻子！」

「你有被害妄想症吧你！」如果這裡還有水池的話，顧晚晴不介意再讓他下水池清醒，「從頭到尾我提都沒跟你提過退婚的事，是你自己過來說要幫我，然後又莫名其妙的指責我，你有病就快點回家去吃藥，連累我幹什麼！」

「妳真是一點都沒變，還是那麼牙尖嘴利，我真是瞎了眼才相信妳改過自新了！」傅時秋指著她的鼻子，「妳別以為只有妳一個人是聰明的，別人都是蠢的！妳當初為何執意要嫁聶清遠？還不是看上了他的身分地位？可妳沒想到在你們訂親後不久太子妃就薨了，妳一定很後悔吧？所以才想解除婚約，同時對太子頻送秋波。我猜猜，如果這次顧家救治太后有功，妳下一步要提出的，是否就是入主東宮？」

顧晚晴徹底無語了，想了半天腦子裡就一句話，「你有病吧！」看來詞彙量缺乏果然是她的一大軟肋！

「如果那天我沒看到妳對太子眉目傳情，或許還想不到這麼多。」傅時秋朝她逼近兩步，將她逼至石子路旁的假山之側。

顧晚晴瞠目結舌，她什麼時候對太子傳過情了？她都不知道的事居然被他發現了？

「哎？」傅時秋歪了歪頭，「我剛剛又記起，大約一年之前，妳為我診病時，似乎問過我有沒有娶妻的打算。難道那個時候，妳並非閒聊，而是在暗示我什麼？」

顧晚晴真頭疼啊！

這時傅時秋向前傾了傾身子，她不得不又向後移了兩步，靠到了假山上。

盯著她，傅時秋突然自嘲的一笑，「當然了，我雖與皇上關係不同一般，但畢竟身分見不得光，哪比得上聶相家的公子？而在太子面前，聶清遠的分量就又輕了，對嗎？」

關於這一點，顧晚晴確實不確定了，她不知道顧還珠以前到底是怎麼想的，可那是以前了，就算顧還珠當初存了攀權附貴的心思，但現在她是顧晚晴，她沒必要替她沒做過的事承擔後果！

「你就在這慢慢暢想吧，我不奉陪了。退婚的事也不勞煩你，我寧可去面對聶清遠那張冰塊臉，也不想看你在這發神經！」說完，她送上鄙視的一眼，轉身就走了。

第四十五章

【最壞的消息】

顧晚晴氣憤不已的回到太醫院，又見到一個讓她意外的人，竟是聶清遠，顧長德正陪著他，臉色不太愉快。

看到她回來，聶清遠站起身來，態度依然冰冷，「妳義父身中劇毒的事，妳可知情？」

顧晚晴愣了一下，而後才被這消息嚇得一震，「中了劇毒？怎麼回事？」

聶清遠若有所思的瞥了一眼顧長德，目光轉回，態度似乎柔和了一絲，「這個消息是妳義母託我帶進來的。如果可以，妳儘快出宮去，看看能不能見妳義父最後一面吧。」

最後一面！顧晚晴急得眼淚差點沒掉下來，「他怎麼樣？怎麼會中毒？」

聶清遠注視她良久，才道：「我只知道似乎是與一個叫『阿壽』的人有關，其他的並不知情。」說罷一拱手，「話已帶到，告辭。」

阿獸？想到那個被阿獸毒過的酒樓小二。顧晚晴整個人都懵了，立時衝到顧長德身前，「三叔，我要出宮！」

「現在不行。」顧長德陰沉著臉，盯著聶清遠遠去的背影極為不滿，抬眼看了下顧晚晴，「妳得留在宮中，為太后治病。」

「我去去就回！」顧晚晴急得說話都不利索了。「況且這幾天為太后治病根本不用我啊！」

「雖不用妳出手，但也需留妳以防萬一。」顧長德站起身來朝門外走去，「妳義父的事我會派人去瞧的，妳別擔心了。」

顧晚晴急忙追上去，「我真的很快就能回來，萬一不是尋常的毒……」

顧長德猛轉回身，厲聲道：「萬一不是尋常的毒，妳用盡了能力，太后再有危急之時妳能力盡失又當如何？妳義父與太后，孰輕孰重，別告訴我妳分不清楚！」

這一番話使得顧晚晴如遭重擊。她腦子裡瞬間閃過剛剛聶清遠看向顧長德那奇怪的一眼，想到他對自己奇怪的問話方式……

「你早就知情？」她簡直不敢置信，「這不是剛剛才發生的事情？」

是啊！如果是才發生的，葉顧氏有何理由不去顧宅求助，反而要求聶清遠把消息帶進來？顯然是去顧家找她未果又求助無門，這才找上了聶清遠！

顧長德卻對顧晚晴震驚的神情視若無睹，沉聲道：「無論如何，妳現在的任務是留在宮中，從現在開始，妳一刻也不得離我左右，聽懂了嗎！」

顧晚晴沒有回答，緊抿著嘴唇，一雙手攥得緊緊的，極力的控制，才忍住沒撲上去拔光顧長德的頭髮！

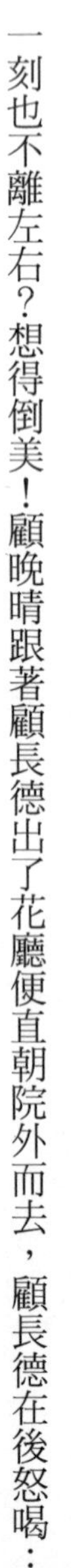

一刻也不離左右？想得倒美！顧晚晴跟著顧長德出了花廳便直朝院外而去，顧長德在後怒喝：「妳站住！」

顧晚晴轉過身去一邊後退一邊以毫不遜色的音量怒道：「今天我非回去不可！你別逼我在大庭廣眾之前說出什麼不該說的話！與其讓我眼睜睜看著我爹死，不如我跟他一起去死，再拉上顧氏族人作為陪葬！看你做了鬼在顧家祖宗面前如何交代！」

顧長德氣得臉色發青，「妳還知道顧家祖宗！妳別忘了你姓顧。誰是妳爹？」

「就是他！」顧晚晴一喝之下眼淚差一點湧出。腦中現出的盡是葉明常待她的好，短短月餘時間，竟像過了一生那麼長。

「好！」顧長德的臉色已轉為漲紅。「妳今天離開，日後就再別回顧家！」

聞言，顧晚晴心中一緊，可過後又覺如釋重負，眼淚一下子就流了出來，轉身便出了小院，再不回頭。

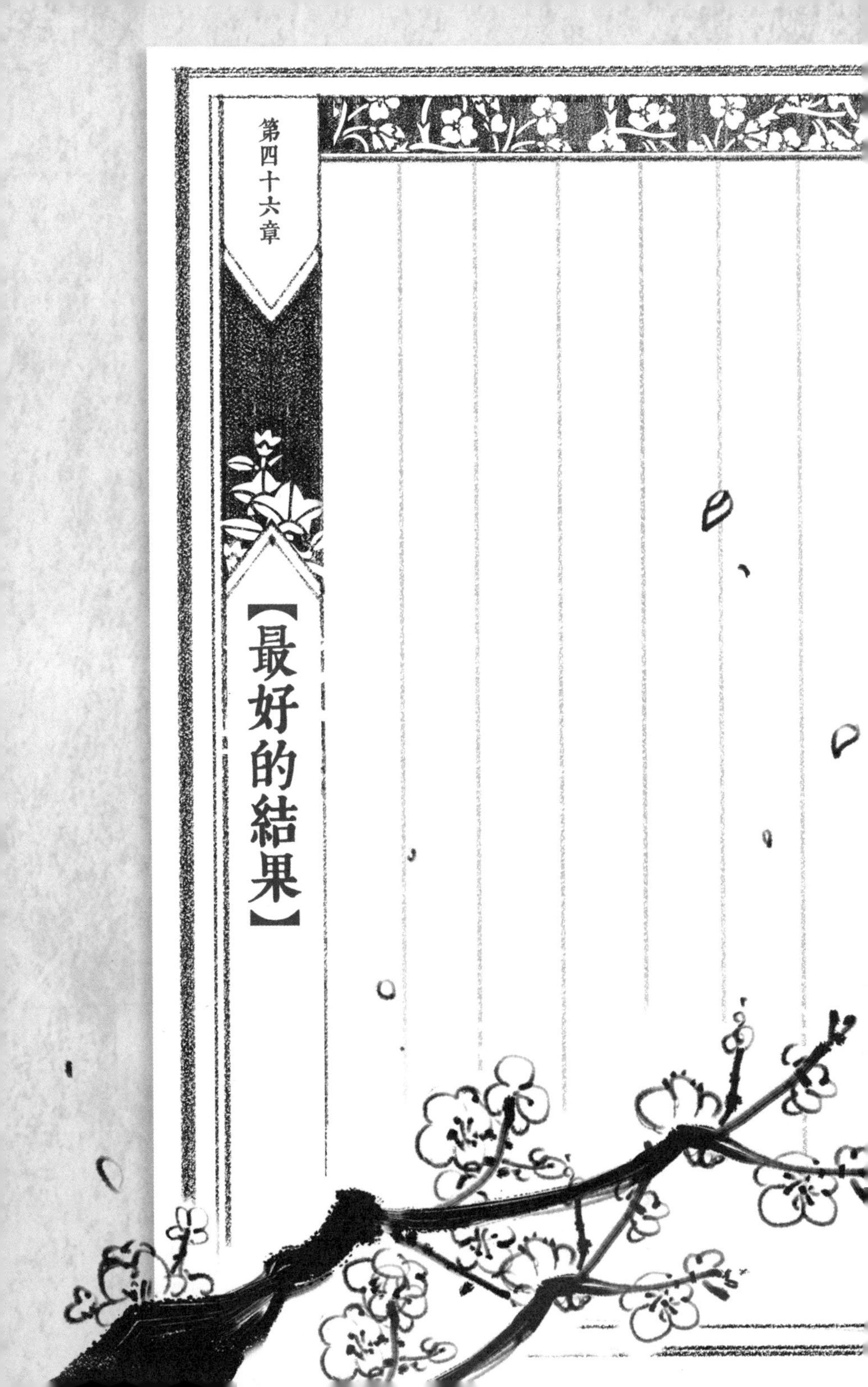

第四十六章

【最好的結果】

顧晚晴知道自己為什麼哭，告別顧家，就等於告別天醫，不會有天醫玉，她就與以前的生活徹底說再見了。不過她也是剛剛發現，她是真的捨不得葉家的人，父母和弟弟，她以前沒有的現在統統都有了，有什麼好後悔的！

見她決絕而去，顧長德面上也閃過一絲悔意，可他追著顧晚晴出去，只看到她的背影，卻是再喊不得了。

顧晚晴心下有了決定，雖還是擔心葉明常的情況，但整個人都輕鬆不少，可當她來到貞華門前的時候，她還是有點後悔了。出來得太急沒有拿腰牌，被護衛當場攔下。不過想也知道，就算她回去取，顧長德也不肯給她，當顧晚晴躊躇時，一輛馬車也到了貞華門前。

「出了什麼事？」車簾掀起，露出聶清遠的一張清顏。

直到坐上馬車，顧晚晴還是不明白聶清遠為什麼要幫她，不過總歸是好事，她就與車夫坐在外頭，並不到車廂中去。

馬車載著他們順利的出了皇宮，那車夫問道：「姑娘要去哪？」

顧晚晴為了節省時間，立刻報上成衣鋪子的位址，馬車便一路而去。

這一路上，顧晚晴都沒有說話，只想著葉明常中毒與阿獸的事。聶長清坐在車裡也沒有吱一聲。

大約半個時辰後，馬車在關著門的成衣鋪前停下，顧晚晴猶豫了一下，又上前挑開車簾，看著車內閉目養神的聶清遠開口：「謝謝你了。」

聶清遠這才睜開眼睛，眼底如同他的神情一樣波瀾不驚，只是略微點頭，並沒有說話。

顧晚晴也不在意，繼續道：「退婚的事我想我們都不用擔心了，我不日便會正式脫離顧家，我不再是顧家的六小姐了，我們的婚事就不作數了，到時你便可以門戶不當為由向皇上提出退婚。」

聞言，聶清遠的神情中終於染了一絲訝然。

顧晚晴勉強笑了笑，放下車簾。

在她放下車簾的時候，聶清遠不自覺的伸手挑起車簾，看著顧晚晴到鋪子前叫門。她那急迫的模樣，讓聶清遠愣了半天，也不知自己到底在想什麼。直到外頭車夫問詢的聲音傳來，他才恍回神來，說出自己想去的地點。

這邊顧晚晴則是心急如焚門板拍得山響，最後乾脆用砸的，一會便聽門內連聲道：「來了來了。」大門打開，露出葉顧氏一張百般憔悴的面孔。

「娘！」顧晚晴沒時間和葉顧氏細說，直接就往後院衝，「爹呢？」

葉顧氏連門都來不及關就跟著顧晚晴跑進來，「別急別急，沒事了。」

沒事了？顧晚晴茫然的停下腳步，「不是說中毒了嗎？阿獸……」

剛說到這裡，一個黑影從旁邊撲了過來，將顧晚晴抱個正著，「獸獸！」

顧晚晴立刻推開他怒目相向！「你為什麼要下毒害我爹？我真不該把你帶回來，應該把你留在山裡自生自滅！」

或許是她的神情太過猙獰，阿獸瑟縮了一下，而後遠遠的避開，躲在院子的角落裡。

葉顧氏連忙拉了顧晚晴一下，「別嚇壞他了。這事雖然是他不對在先，但他也努力補償了。妳先去看看妳爹吧，讓他告訴妳到底是怎麼回事。」

顧晚晴點點頭，回頭看了阿獸一眼。阿獸立刻低下頭去，把身子縮得更小了。

到了房裡，顧晚晴見到了躺在床上的葉明常。葉明常的臉色除了一些青黑之色未去，不過看樣子毒已經解了，精神也還好，就是虛弱。

此時葉昭陽正拿著藥碗慢慢給他餵藥，待他喝完最後一口後，葉昭陽才站起來，眼睛紅紅的說：「姐，妳怎麼回來了？」

顧晚晴摸了摸他的頭，與葉顧氏道：「娘，妳先帶昭陽出去，我給爹瞧瞧。」

葉顧氏微愣的工夫，葉昭陽喜道：「姐，妳的醫術恢復啦？」

「就一點點。」顧晚晴見葉明常真的沒有生命危險，這才放下心來，臉上也有了笑容，「你去給我打盆水來。」

葉昭陽連忙去了，而葉顧氏也退了出去。

顧晚晴將水盆擱在凳子上，自己坐到床邊握上葉明常的手，「不要說話，我給你瞧瞧。」

說完，正待她想像以前一樣凝神靜氣的時候，卻突然發現自己好像可以進入狀態，不必像以往一樣事先醞釀了。難道是因為對方是葉明常嗎？

顧晚晴來不及多想，能力運轉，一手吸取一手釋放，竟是從未有過的成功與輕鬆。

隨著時間的流逝，葉明常的神情愈加震驚，不時的看著閉眼的顧晚晴與她那浸泡在水中的手，已是全然驚呆了。

漸漸的，顧晚晴感覺到手中的熱度漸消，卻不是能力所限，而是葉明常已完全康復了。

這是她第一次沒有感到後繼無力，她有感覺，她的能力似乎是增強了，再看看手心，那對紅痣

果然更加鮮豔清晰了。

「這就是天醫的能力。」顧晚晴大致與葉明常交代了一下，鄭重的道：「爹，這事萬萬不能流傳出去，否則我必會被人視為異類，不容於人群。包括娘和昭陽都不能說。」不是不相信他們，而是這件事知道的人越少越好。

「妳放心吧。」葉明常使勁拍拍自己的腦袋，又甩甩頭，好像還是不能相信。

顧晚晴打開後窗，把水倒往牆根處，這才開門叫葉顧氏和昭陽進來。當他們見到恢復如初的葉明常時，神情簡直像見了鬼似的。

顧晚晴笑著解釋說是自己帶回了顧家的獨門活命秘藥，這才妙手回春。對於這一說法，葉明常一言不發，只嚴肅的點點頭。

而後，葉明常說起了自己中毒的事，與顧晚晴想的差不多，葉明常一直要求阿獸雙腿站立，阿獸頭些天還聽話，可他總是習慣四肢著地，被葉明常糾正多了就有點不耐煩，終於在又一次糾正後，他撒了一把毒粉。

「我看他未必是想毒死我。」看著顧晚晴極怒的神色，葉明常的態度也有點小心翼翼，「我倒地之後的意識還是清醒的，阿獸又跑回來看我，後來也不知道給我吃了什麼東西又跑了。妳鄭大叔過來看我，見我倒在地上，就連忙把我送到鄰村的大夫那裡，不過那位大夫說看不了，老鄭才把我送到妳娘這來。」

那個鄭大叔顧晚晴是認得的，是上次幫忙抓捕阿獸的獵人，在那之後就與葉明常交好，時常過來串門。

葉顧氏接著說：「那個時候我嚇壞了，找的大夫都說看不了，眼看著就剩一口氣了，我沒辦法，只能三番兩次去顧家找妳，顧家說妳進宮去了，說是會幫著傳消息，可我等了兩天也沒等到妳，顧家倒是派了大夫來，只是都沒辦法，我怕妳爹有什麼三長兩短的，想見妳最後一面，昨天晚上又去顧家，多虧遇到五小姐，她讓我找聶大人，這才又託他給妳捎的信。」

聽到這裡，顧晚晴恨得咬牙切齒，居然都兩天了！這也就是葉明常沒事，要不然，她一定弄上幾頓病水都給顧長德送去！

「後來呢？爹又怎麼了？」

「這不是今天早上嘛，開門就看見阿獸在門口蹲著，還帶著瓶瓶罐罐的藥，我們也是死馬當活馬醫了，就給妳爹吃了，然後妳就來了。」

葉顧氏說話的時候，葉昭陽就拿來幾個小瓶子。顧晚晴一看頗為驚訝，那幾個小瓶看起來俱是

玉石質地，無論是質地還是造型都頗為精美，一般人家恐怕都不曾見過。

她打開其中一個玉瓶，頓時便覺得一陣清香撲鼻，再看瓶中，幾顆乳白色的藥丸。打開其他三個玉瓶，瓶中也俱是清香藥丸。

這絕對不是尋常的東西，不過，顧晚晴雖然很好奇藥丸的來歷，但還是對阿獸不理不睬的，她到院中的時候，阿獸折了根花枝小心翼翼遞在她面前她都視而不見，直接走了過去。

阿獸在她身後「嗚嗚」的叫了兩聲，她也假裝沒聽見。

最後葉顧氏看不過去，拉住顧晚晴的手說：「他還什麼都不懂，以後得慢慢教。其實現在想想，他第二次離開就是去取解藥了，只不過妳鄭大叔去的巧，把妳爹帶走了，他這兩天往京城趕吃了不少苦頭，腳也磨破了，也多虧他記得住這裡，要不然妳爹也就沒了。」

第四十七章

【調教課程】

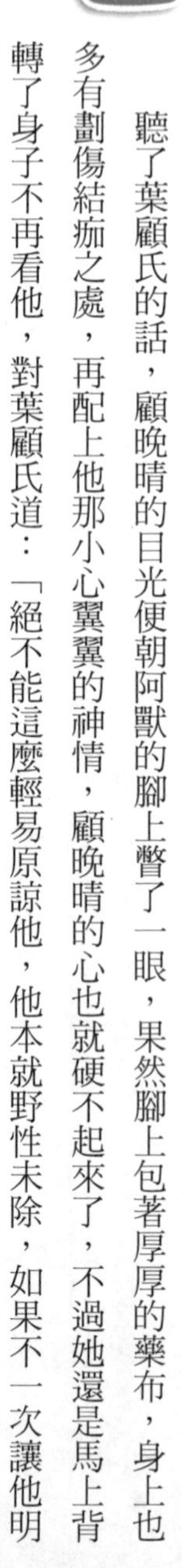

聽了葉顧氏的話，顧晚晴的目光便朝阿獸的腳上瞥了一眼，果然腳上包著厚厚的藥布，身上也多有劃傷結痂之處，再配上他那小心翼翼的神情，顧晚晴的心也就硬不起來了，不過她還是馬上背轉了身子不再看他，對葉顧氏道：「絕不能這麼輕易原諒他，他本就野性未除，如果不一次讓他明白這樣做的錯處，他不會放在心上的。」

顧晚晴說得堅決，葉顧氏聽了也覺得有點道理，可她總是不忍看阿獸可憐兮兮的樣子，但也不再去勸顧晚晴，只是問道：「妳還要去哪裡？」

顧晚晴一攤手，「還是得回顧家一趟，那邊的事還沒完。」

她並沒告訴葉家的人和顧長德決裂的事，反正已成事實，何必說出來再讓他們擔心？但顧家還是得再回去一次的，透過他們聯繫顧長德，看看需不需要她再入宮去，事關太后的病情，她得有始有終才是。

出乎顧晚晴意料的，當她到了顧家的時候，顧長德和大長老竟然已經出宮了，聽說下午的時候太后徹底清醒了，病情也穩定下來，無須他們再時時守在宮中了。

顧長德沒有見顧晚晴，只派人來傳話說不必再入宮了，又帶來一張房契，顧晚晴認得，正是他上次承諾要給葉家的那一張，除此之外，再無他語。

對此，顧晚晴收得心安理得，只當是自己幫了顧長德的酬金。

回到鋪子裡後，顧晚晴才算是徹底的放鬆下來，晚上幫著葉顧氏張羅了一桌子好吃的，以慶祝葉明常的康復。

值得一提的是，當顧晚晴回來的時候，她竟見到阿獸站在院子裡迎接她。

雖然阿獸的腿站得不太直，身子也有些前曲，但看得出，他努力在做了。阿獸身上穿著葉明常的衣服，頭髮也被草草紮起，露出他稍顯不羈的野性面容。見到她的時候，阿獸現出一個大大的笑容，眼中帶著些討好和無措。

對此，顧晚晴只是看了一眼便走過去了，阿獸小聲的「嗚」了兩聲，站在院子裡發了好一會的呆，才彎下身子。他大概是想爬走，但才低下身子，就又站起來，僵硬的走到角落去坐好。

看到這一切的葉顧氏扯了扯顧晚晴，顧晚晴搖搖頭，「還不是時候。」之前是她考慮欠周，忽略了阿獸的野性，才害得葉明常有此一劫，如果此次不讓阿獸徹底明白他錯了，將來的他只會更難馴服。

顧晚晴一邊幫忙做飯、一邊從窗口看著阿獸，見他時不時的拽拽領口扯扯衣角，要不然就抓抓綁上的頭髮，顯然是很不習慣，在他又抓了一次頭髮的時候，頭上的綁帶掉了，一頭亂髮又披散下來，他馬上狠揉一通，顯得舒服極了。

顧晚晴則有點失望，看來現在的生活和他以前的相差太多，只穿衣束髮這一件事他都這麼難以適應，別的就更難說了。

嘆了口氣，顧晚晴專心的幫葉顧氏做飯洗菜。

過了一陣子，她不經意的抬頭，看到阿獸正對著地上的什麼東西豎眉立目的低聲咆哮，而後又抓起那東西往頭上放，居然就是那根綁帶。

阿獸連放幾次，可一低頭，那綁帶照樣掉下來，他氣得把那綁帶塞進嘴裡咬了兩口，然後又放到頭上。

不綁光放有什麼用啊！顧晚晴看著都跟他著急，不過阿獸顯然不擅長這個，最接近的一次是把綁帶在頭髮上繫了個單結，也是沒多久就鬆掉了，最後還是葉昭陽從房中出來，阿獸立刻拿綁帶過去交給他，指了指自己的頭髮。

在葉昭陽幫他束髮時，阿獸多次意圖轉頭去看，但他一動葉昭陽就束不好，說了他兩次他也不聽，最後葉昭陽狠揪了他的頭髮一下，才讓他老實了。

看到這一幕的顧晚晴不禁失笑，其實阿獸，也沒那麼無可救藥，是不？

只是想是這麼想，顧晚晴還是不打算這麼快原諒他，晚上吃飯的時候有意給葉明常三人夾了菜，獨獨漏過阿獸。

阿獸蹲在凳子上捧著飯碗眼巴巴的等著，等到顧晚晴吃完了飯放下碗筷，他才默默的放下碗，低著頭，一聲也不吭。

葉顧氏碰碰顧晚晴，「差不多了啊，他一口飯都沒吃。」

顧晚晴假裝沒聽見，站起身來收拾碗筷，收拾到阿獸那時，她直接把阿獸沒吃的那碗飯收走，連同那些空碗一齊端回廚房去。

沒過一會，葉顧氏也到廚房來，急著說：「妳快去看看，阿獸好像是哭了。」

顧晚晴沒移動，只隔著窗口向外看。

客廳裡，阿獸在凳子上縮成一團，任葉昭陽怎麼叫就是不抬頭。

看著他那可憐樣，顧晚晴心裡也有點動搖，不過最終，她還是沒去看他，洗完碗就直接回了房間。

她並非有意對阿獸這麼無情，只是現在的他好像一張白紙，寫上什麼就是什麼，下毒這種事非同小可，如果輕易原諒了他，對他以後的人生不會有什麼好處。

暫且放下阿獸的事，顧晚晴長長的吁了口氣。放下那麼多事，她的確是輕鬆的，不過輕鬆之後心裡又有點發空，畢竟之前一直為之努力的事煙消雲散，多少還是有點失落的。

而後她又想起，她現在算是與顧家沒關係了吧？不知道顧長德會不會遷怒於葉家，取消葉家在拾草堂的差事？而且除了藥田外，還有一件更讓人擔心的事，如果顧長德連葉昭陽在天濟醫廬的學醫資格都取消的話，那該怎麼辦？

果然，牽一髮而動全身，看起來只是她個人的事，結果卻連著這麼多不得不面對的事情。

當天晚上顧晚晴睡得也好也不好，睡得好是因為她睡得很踏實，一夜無夢；睡得不好是因為她很早就醒了，醒的時候天邊才見了一點點亮光。

顧晚晴沒有賴床的習慣，雖然覺得有點早，但還是起床整裝，然後端起臉盆打算去打水洗漱。

她剛打開房門就是一愣，在她門前不遠的地方，阿獸低著頭跪在那裡，也不知跪了多久。顧晚晴連忙放下水盆走過去。

阿獸聽到聲音抬起頭，看了一眼她，又難過的低下頭去。

顧晚晴嘆了一聲，蹲到他面前，「知道錯了嗎？」她知道阿獸聽不懂，便又伸出手去，「起來吧。」她並不是要阿獸怎麼道歉，只是想讓他明白，做錯了事要勇於承擔，而不是像昨天一樣，討好她，等著她去原諒。

阿獸看看她的手，又抬頭看看她，眼中有些乞求，又帶些期盼。

「起來。」顧晚晴直接動手拉他起來。

阿獸立時高興起來，不過站起來時身子一偏又栽倒在地，顯然腿腳早就麻了。

「你到底跪了多久？」顧晚晴沒什麼好聲氣。

阿獸又瑟縮了一下，不過等到顧晚晴把手覆到他的膝蓋上，為他輕輕按揉時，他又喜不自禁，一下子撲到顧晚晴身上，把她撲倒在地。

「好了好了。」顧晚晴頸子被阿獸的頭髮弄得癢癢的，拍了拍他的背，示意他起來。

阿獸卻意猶未盡，不停的蹭啊蹭啊蹭，口中還不時的「獸獸」、「獸獸」的叫，以示他此時喜悅的心情。

「喂喂……」顧晚晴哭笑不得的推開他，再推、三推……

「喂！」她忍無可忍的加重了語氣。

阿獸正準備再撲一次的時候，看到她皺起的眉頭，老實了。

此時，葉昭陽和葉顧氏都聽到聲音從房中出來，見到阿獸的時候都有點驚訝，再看他一臉的笑容，葉昭陽問道：「姐，妳原諒他啦？」

顧晚晴點了下頭，轉過身來瞪著葉昭陽，「是不是你教他跪在這的？」

葉昭陽被她嚇得縮了下脖子，連忙擺手，「我根本不知道，昨天晚上他跑出去了，誰知道什麼時候回來的。」

葉顧氏也說：「是啊，妳昨天回房後他就跑出去了，昭陽還出去找了一圈，也沒找到，我們還以為他回山裡去了，沒想到……」

跑了？顧晚晴看著蹲在地上一臉傻笑的阿獸，伸手揉了揉他的頭髮。

他應該是受不了這種冷待才會走吧，不過他既然能主動回來，就說明，他還是想融入人群的，他並不排斥這個社會。

「獸獸！」阿獸高興的抬頭舔了顧晚晴的手掌一下。

「站起來。」顧晚晴向上指了指。

阿獸馬上站起來，又拉過顧晚晴的手在自己頭頂拍了拍，以示獎勵。

葉昭陽被阿獸的舉動逗樂了。葉顧氏卻開始擔心了，她看著一臉笑容不斷讓阿獸「站」、「坐」的顧晚晴，心中這種憂慮更甚。

他們似乎有點親密過頭了。

早上吃飯之前，葉顧氏把顧晚晴拉到一旁說了這件事，顧晚晴啞然失笑，「他什麼都不懂，年紀可能比我還小，我把他當弟弟看的。」

其實這話還是客氣了，一開始認識的時候，她是把他當寵物犬看的。

葉顧氏還是不放心，「就是因為他不懂，才不能養成這種習慣，要不然讓人看見妳和他動手動腳的……他年紀再小，看著也有十六、七了，這個年紀在正常人家，都娶親了。」

「嗯……」葉顧氏的話也不是沒有道理，顧晚晴便答應道：「我知道了，以後會注意保持距離的。」

葉顧氏這才點點頭，憂心忡忡的進屋去了。

吃罷早飯，葉昭陽去上學了。

葉明常因為身體無礙，打算再回千雲山去研究藥田。

顧晚晴擔心這兩天顧家就會傳消息過來取消那邊的差事，便提前給葉明常打預防針，說自己和顧家說過了，打算給他換個差事，在那之前就別過去了。

葉明常卻說做人要有始有終，調令一天沒下來，他就得留在那邊一天。

第四十八章

【獸獸也有秘密】

葉明常走後，葉顧氏與顧晚晴便帶著獸獸去了顧長德給的那宅子。

那是一個兩進的小宅子，花廳客廳、廚房倉庫一應俱全，還有兩個籬笆小圈，看起來像是飼養雞鴨用的。花廳後是二進院，十分寬敞，差不多是前院的兩陪，房間也不少，除了五間正房，左右各有四間廂房，房間與房間有迴廊相連，看著比前院講究多了。

顧晚晴越看越喜歡這裡，雖然比不得顧家的寬居廣室，但畢竟比原來顧三胡同的住處和千雲山的茅屋好太多太多了，最重要的，這裡以後就是他們的家了，真正屬於他們的家。

顧晚晴前後看了個遍，一邊看一邊已在規劃分配房間，正想找葉顧氏商量一下什麼時候過來收拾收拾，卻見葉顧氏偷偷的在擦眼淚。

顧晚晴沒有過去打擾她，而是拉著阿獸到最右側邊的正房，告訴他那會是他的房間。待阿獸明白顧晚晴的意思後，興奮了好久，抱著顧晚晴在她身上蹭啊蹭的，直到感慨完畢的葉顧氏沉著臉來把他拎走，又再次鄭重的告誡了顧晚晴，顧晚晴連發誓帶保證的，這才讓她稍稍放心。

而後幾天，顧晚晴與葉顧氏每天都會帶著阿獸來這宅子收拾，又置辦了新家具，葉昭陽晚上放了學也來幫忙，沒多久就徹底收拾好了。

初步安頓好後，葉顧氏又去廟裡請廟祝算了鋪子的開業時間，現在正是五月初，算的日子是五月中旬。

顧晚晴他們也不急著開業，便定了這個日子，打算在五月中旬之前再把葉明常叫回來，一家人一起張羅。

這段時間顧晚晴過得忙碌而充實，主要任務除了收拾房間外就是給阿獸上課，洗澡這類的教學由葉昭陽進行，其他的，諸如洗臉梳頭穿衣這樣的事就全是顧晚晴的活了。

阿獸雖然很聰明，已能聽懂一些簡單的字句，也能很快明白顧晚晴的意圖，不過手腳的協調性總是很差，比如他在學梳頭的時候，手裡拿著梳子，整個身體都在用力，腳趾死死的蜷著，梳一下頭能扯下一大把頭髮，也就是年輕，長得快……

還有吃飯，指望他拿筷子是不現實的，用勺子也只會手掌成拳的反握，糾正過來他的手指頭就不受控制。有一回顧晚晴不信那個邪，非得讓他按正確的姿勢拿勺子，結果他的手指頭抽了半天筋，顧晚晴就再不敢勉強了。

當然，阿獸也有拿手的，比如說跑步，那跑得是虎虎生風，葉昭陽才在院子裡跑一圈，他都跑到三圈以上了，但一讓他放慢速度走，就又完了，就好像機器人缺了油似的。

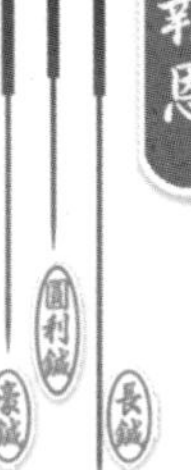

還有，他的站姿也成問題，因為才從爬行狀態直立不久，阿獸站著的時候總是躬身含胸的站不直，顧晚晴就找了幾本書給阿獸頂，變身容嬤嬤，把阿獸當小燕子那麼折磨！

顧晚晴現在的生活重心已完全轉移了，每天忙活得要命，只是在疲憊了一天之後，她還是會想起顧家、天醫、選拔……只是目標已有改變，不再是為那塊天醫玉，而是想切切實實的，為自己學一點東西。

當然，名為「失落」的這一部分她從沒對任何人提起，每天出房門前都會將自己的狀態調整為「開心」，直到一天結束。

值得一提的是，她和顧長德翻臉也有幾天了，可顧長德就像忘了這回事一樣，不僅沒將葉明常的差事取消，還在顧家發俸的日子給葉家送來了二十兩銀子。送銀子來的小廝說，其中十五兩是六小姐的月例，另外五兩是給六小姐義父母花銷的，以後每月都會有。

難道顧長德後悔了？顧晚晴默默的琢磨著。

這倒也不是不可能啊！畢竟她這個病毒吸塵器關鍵時刻還是能發揮重要作用的，如果太后再來一回昏迷不醒什麼的，誰能有辦法？誰能？

這麼一想，顧晚晴那個舒心啊，那感覺就像是一顆被重新啟用的螺絲釘，終於又能展現自我價值了一樣。

之後，顧晚晴又去了鋪子，把那裡的一些生活用品收拾了一下準備帶回來。收拾的時候發現了四個小玉瓶，就是阿獸送來救葉明常的那幾個。

因為太過忙碌，顧晚晴險些把這件事忘了。

回到家後，顧晚晴就把一直苦練走路的阿獸叫過來，讓他看那幾個瓶子。

這幾天阿獸已和大家相處得極好了，野性漸減，也越來越喜歡笑，笑起來的時候眼睛彎成兩個半弧，陽光可愛得要命，連葉昭陽都抗議過，說葉顧氏對阿獸越來越好，前幾天做新衣才給他做了一套，阿獸就有兩套。

現在的阿獸穿著杏色的夏衣，自己束的頭髮也還看得過去，頭上頂著兩本書，腰板挺得直直的，看起來倒真有幾分豐神俊朗的意思了。不過，當他看到那幾個瓶子的時候，笑容明顯落下許多，甚至慢慢變得嚴肅起來，把頭扭向一邊，頭上的書掉了下來也不管，分明是抗拒著這幾個瓶子。

這樣的態度顧晚晴看不太懂，幾個瓶子而已……不，應該說是一些珍貴的藥丸，他到底是從哪裡得來的？

顧晚晴很好奇，不過，阿獸不想說的話，她也不願意逼他，畢竟每個人都有一些不願面對的事，雖然阿獸不會說話，但顯然他也有。

隨後又過了兩天，顧晚晴已差不多將那些藥的事情放到一邊了。

她正想著什麼時候回千雲山一趟，把葉明常找回來準備開業的事，阿獸卻拿著那幾個瓶子過來，示意她跟他出去。

顧晚晴心中一動，和葉顧氏說了一聲後就跟著出去了。對於那些藥的來歷，她是真的很好奇啊！只是，她這一跟就跟出了城外，阿獸還在悶頭前進，顧晚晴一拍腦袋，「你不會是想回千雲山吧？」

她真笨，千雲山是阿獸的根據地啊，他根本沒去過別的地方，那些藥自然也是從山裡得的。

她叫住阿獸，馬上回城去僱了輛馬車，不過阿獸看見馬車卻死活不上，他暈車。

顧晚晴沒辦法，只能自己坐車，任阿獸在旁邊跟著跑。

那車夫一瞅，喲呵！這小哥真行！也來勁了，把鞭子抽得啪啪的，跟阿獸飆車。

因為飽含了運動精神在其中，平時兩個時辰的車程居然只用了一半的時間，顧晚晴付了車資後就讓那車夫回去了。她可不想再來一次了，骨頭都顛散了，這可真像俗話說的，只有肉人，沒有肉車，像這車夫這麼有激情的，給他個小轎車都能開出保時捷的時速！

臨走前那車夫還和阿獸握手告別呢，說什麼：「咱們下次再戰！」

顧晚晴想呸他一臉黑有木有！

到了千雲山下，來不及去看葉明常，阿獸就帶著顧晚晴朝千雲山深處走。那條路顧晚晴以前從未走過，再明確點說，他們前進的方向根本就沒有路，都是阿獸硬在及腰的枝葉雜草間開出一條路來，到最後，阿獸乾脆揹著她前進，顧晚晴心裡那個欽佩啊，看人家這體力……

因為山勢越來越陡，他們前進的速度也越來越慢，顧晚晴很是訝異阿獸如何在這看起來四處都一樣的地方辨明方向的，幾乎沒有丁點遲疑，也不用探看方向，悶著頭就是往上走。

又走了約莫一個時辰，阿獸才把她放了下來，顧晚晴已經暈頭轉向了，抬頭看了看四周，竟在一片竹林之外！

第四十九章

【竹林醫盧】

這裡已是千雲山的極深處，顧晚晴滿心驚訝的跟著阿獸朝竹林裡走，越走進深處，竹子的數量越多，最後在竹林中央，她看到了幾間破敗的竹舍。

竹舍的竹門全都歪栽著，空了許久的樣子，竹舍外的空地上散亂著一些陶罐，看起來像阿獸以前用來裝水的那些，由此顧晚晴更確認阿獸來自這裡，只是不知道他為何捨了這竹舍不要，而要住到山洞裡。

顧晚晴走到一間最大的竹舍前，房間的竹門倒在地上，從四周灰塵的痕跡來看，竹門倒下的時間不會很久，應該是上次阿獸回來取藥時弄的。

走進去，顧晚晴首先看到的是對面那扇極大的窗子，窗下擺著一張寬大的石桌，桌上擺著數十個大大小小的玉質瓶子，還有一些燒鍋和石舀這類的器具，雖然看起來已閒置了很久，但走得近些仍能聞到一股淡淡的藥味，像是一個製藥的工作臺。石桌的一側是一個掛滿蛛網的書架，書架上的書冊很多，顧晚晴還沒來得及細看，又被石桌另一側的一個鐵籠吸引住了目光。

那鐵籠約莫有一立方米的大小，開口在上方，此時是打開的，鐵籠裡空無一物，不過在鐵籠邊角的地方可以看到一些動物的絨毛和鳥類的羽毛，結合旁邊的工作臺來看，應該是抓一些動物關在這，以方便做藥物試驗之用。

那麼這裡就是一個醫學試驗室了？

顧晚晴回頭去找阿獸，想向他求證一下，回了頭卻沒見人，剛剛明明感覺他就跟在後頭的。

她連忙出了竹舍，尋找一圈，便見阿獸站在竹舍後的一個小土丘旁，呆呆的看著那個土丘，一動不動的。

「阿獸？」叫了他一聲他也沒有反應，顧晚晴便也走過去。

那個地方說是土丘已經很勉強了，大概因山雨所致，土丘上的土流失得很嚴重，丘上多有凹陷之處，也不怎麼高，大約只到小腿的高度。

「這是什麼？」其實顧晚晴在問出這句話時心中已隱有所悟，她轉到土丘水土流失得比較嚴重的一側，那裡凹下了一大塊，下沉的泥土顯現出一個清晰的土坑邊沿，順著那邊沿延展開去，土丘的覆蓋處剛好是一個墳墓的大小。

會是阿獸的家人嗎？看著那粗糙的堆建方法，顧晚晴覺得這土丘有可能是出自阿獸之手。她回到阿獸身邊，見到他不知何時緊閉起眼睛，兩隻手握得死死的，身體也在微微顫抖。

「阿獸……」顧晚晴握上他的手，有點心疼，不管墳墓裡的人是誰，一定都和阿獸關係匪淺。

就在顧晚晴觸到阿獸的瞬間，阿獸一個激靈睜開眼睛，突然大吼一聲把顧晚晴推開，轉身便竄

進樹林裡。

顧晚晴一時不察被他推倒在地，顧不上爬起來便直接大聲喊他，可阿獸置若罔聞，沒一會便不見了蹤影。

顧晚晴起來後朝林子裡追了一段距離，但都沒看見阿獸的身影，又擔心自己在林中迷路，只得又原路返回竹舍處，心焦的等阿獸回來。

她倒不怕阿獸不回來，只是擔心他現在的狀態，從剛剛的情況來看，他是萬分難過的。

好在，過了約莫一刻鐘的時間阿獸就回來了，回來的時候雙眼通紅，顯然是哭過了，他的衣服被他脫下來揹在身後，見了顧晚晴他就把衣服遞過來，裡面兜著一些野果。

現在早過了中午了，顧晚晴也是又累又餓的，不過她沒急著吃東西，而是抱了抱阿獸，用自己的行動給他鼓勵和溫暖。

阿獸頓時笑開了，哭過的眼睛更加晶亮，簡直比寶石還要漂亮。他坐下來拿果子遞給顧晚晴，自己也拿了一個吃著，好像已經忘了剛才的事。

吃過東西後，顧晚晴又進竹舍去研究那些瓶瓶罐罐，可阿獸並不讓她碰桌上的瓶子，而是從書架後的一個暗格裡拿出一個小瓶子，那瓶子和他之前拿回去的相似，估計這個是當時心急，沒來得及拿走的。

看過瓶子裡的藥丸後，顧晚晴又執意要看桌上的瓶子。

阿獸沒辦法，讓顧晚晴在這等著，自己出去轉了一圈，回來的時候手裡拎著一隻松鼠。他把松鼠扔到鐵籠裡，這才從書架下的抽屜裡取出一副獸皮手套戴上，拿起一個瓶子打開，又讓顧晚晴離得遠些，而後小心的把瓶子裡的一些粉末倒在松鼠的身上。

過了一會，顧晚晴只見那松鼠在籠中橫衝直撞了幾下，而後就倒了下去，一動不動了。

是毒藥……顧晚晴瞪圓了眼睛看著這滿桌子的小瓶，不會都是毒藥吧？

這竹舍的主人到底是個什麼人啊！

知道了那些毒藥的厲害後，顧晚晴自然不會再去動它們，直接將注意力轉移到那些書上。

那些書大多沒有書名，裝訂得也十分粗糙，隨便翻開一本，裡面的字大部分像鬼畫符一樣。

顧晚晴只能靠認識的字聯繫上下文猜測它的意思。連看了幾本後，顧晚晴認為這些都是試驗筆記，給記錄者本人參考的，所以才會寫得這麼潦草。

顧晚晴注意到，這些筆記最後都記有時間，可幾十本筆記，最晚的記錄日期距現在也有十年

了，也就是說，這裡的主人極有可能已經死了十年，那時阿獸應該才只有五、六歲吧，因為沒人照顧，所以他才會變成後來的樣子，很難想像，那麼小的阿獸是如何在這片森林中存活下來。

顧晚晴為阿獸的身世感嘆不已的時候，阿獸從置於另一側的竹床下拖出一個箱子。那箱子不大，長方形，只有大概二十釐米高。箱體上雕刻著朵朵梅花，看起來有一種質樸的美感，箱子兩邊有綁帶相聯，看起來……像是大夫出診時背的醫箱。

顧晚晴走過去仔細看了看這箱子，明明是普通箱子的樣子，可想把它打開卻總是不得其法，那蓋子像黏在箱子上似的一動不動。結果阿獸出了手，在箱子側壁上拍了幾下，顧晚晴這才看到箱子一側有幾朵梅花是突起的。扳動那幾朵攢在一起的梅花，箱蓋便能輕易轉向移開。

移開箱蓋後顧晚晴才看出，這個箱子原來是一個左右而分的折疊收納箱，裡面放著一些瓷盒裝的成品藥丸、紙筆和用於診脈的小腕枕等物，最底層放著一個繡著金線的針包。顧晚晴將針包取出打開，裡面長短粗細九針俱全，只是針體都略顯氧化，顯然是因為長時間不用的原故。

這竹舍的主人以前果然是個大夫。

顧晚晴將那些藥丸一一取出聞了聞，有一些已經完全失水乾枯了，剩下的保存狀態也不太好，與那些存在玉瓶中的藥丸不可同日而語。

箱子裡還有一本書，藏藍色的羊皮封面，上面整齊的寫著「行醫手劄」。

從字體上看，與那些試驗筆記有些相似，但字跡要工整得多，顧晚晴也看得懂，手劄中分門別類的記錄著冊子主人看診過的病症，什麼症狀、如何表述、怎麼下藥，都一一記錄。

顧晚晴迅速的翻看，越看越覺得興奮，這本手掌厚度的手劄中記錄了近百種病症，由簡至難，想來是冊子主人剛開始行醫時只看一些簡單的病，比如感冒這樣的病症，之後隨著醫術漸深，記錄的病症和開的方子也都漸漸複雜起來。

俗話怎麼說來著？正愁沒人教，天上掉下個黏豆包！顧晚晴頓時覺得看到了自己行走在醫學的光明大道上，義無反顧，永往直前！

「我能把它帶走嗎？」顧晚晴把那本手劄抱入懷中，用肢體語言詢問阿獸。

阿獸把整個箱子都推到她的面前，但又特別指了指石桌上的那些毒藥瓶子，嚴肅的搖了搖頭。

顧晚晴當然同意，她要那些毒藥也沒用，放在家裡再讓誰給誤食了……那可真是自作孽了。

不過顧晚晴始終沒在手劄上或者屋子裡找到任何有關竹舍主人的訊息，名字什麼的一概沒有，只在試驗筆記中看過一些梅花印章，圖案和醫箱上的很相似。問阿獸，他卻一直搖頭表示不知，最後顧晚晴決定，就叫他「梅花先生」吧！咳，還好不是菊花……

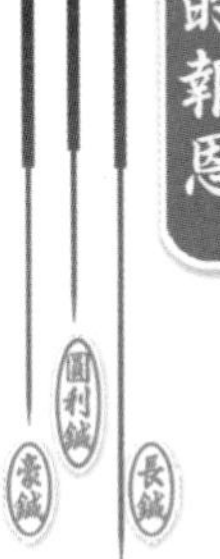

臨走的時候已快到傍晚了，顧晚晴的本意是想再給竹舍外的墳上添點土，然後自己拜祭一下，可她剛準備行動便被阿獸憤怒的制止了，阿獸甚至「嗚嗚」的低吼警告她，不許她再靠近墳包一步。

顧晚晴不知道自己做錯了什麼引得阿獸這麼生氣，多方解釋未果後，她看了看天色，無奈的指了指樹林的方向，示意自己要走了。

阿獸這才甘休，領著顧晚晴離開了這片空地。

等他們回到葉家的茅草屋時天早就黑了，葉明常也沒回來，想來是在藥田那邊住了，好在這邊的東西都是現成的，直接就能住人。

第二天一大早，顧晚晴就拉著阿獸去了藥田，找到葉明常，通知他鋪子開業的日期。

顧晚晴沒有透露找到那個小竹舍的事，與阿獸回到家也只告訴葉顧氏說是去找葉明常才一夜未歸，以免他們擔心。

隨後顧晚晴以休息為名把自己關在房中，仔細的將那本「行醫手劄」看了一遍，雖然大多是看不懂的，但這並不妨礙她盲目的信心膨脹，有那麼一瞬間，她就覺得自己得了一本絕世秘笈似的，隨便練練就能號令天下莫敢不從了。當然，前提是她能看懂那天書一樣的草藥名、穴位名，以及那些讓人頭暈的術語，像什麼陰陽、虛實、營衛、六淫……

好吧，顧晚晴覺得自己大概是沒什麼一夜成神的天分了，還是老老實實的背葉昭陽給她的湯頭歌和人體穴位分布圖吧……

時間很快就到了五月十五，這天是顧晚晴他們的鋪子開業的日子，也是距天醫選拔還有五天的日子。

鋪子開業對葉家的人來說是件大事，所以一大早大家就都起來了。葉昭陽為此特別請了一天的假，葉明常也提前兩天回來了，就為今天的事。

鋪子的名字早定下了，就叫「晚晴成衣」，這是葉顧氏的意思，她說反正「葉晚晴」這個名字以後也不會再用，涉及不到洩露閨名的問題。顧晚晴剛開始還想反駁一下，後來一想，哦對了，她現在是叫「顧還珠」的。

一家人用過早飯後特地都換了新衣，阿獸尤為神氣，因為他現在不必再頂著書走來走去了，已經出師了，往哪一站腰桿倍兒直，頗有些雄糾糾氣昂昂的意思。

正當一家五口收拾妥當準備出門的時候，上次顧家派來送月銀的那個小廝又來了，交給顧晚晴一張帖子，「這是二老爺吩咐小人送過來的。」

顧晚晴將帖子展開，竟是參加天醫選拔的邀請函，底下的落款是「顧青竹」。

第五十章

【選拔】

顧青竹?顧晚晴在記憶庫裡搜索一圈也沒什麼頭緒，不過只聽這名字，便覺一股清雅之風迎面吹來，顧晚晴腦子裡頓時浮現出一個又一個或溫文爾雅，或高雅如竹，或孤傲淡然的絕世美男，默默於角落注視著她、關懷著她，直到見她受到不公待遇這才伸出援助之手，送她去參加選拔！

「六、六小姐……」送信來的小廝小心的打斷她的暢想，「要是沒別的吩咐，小的就回去了。」

顧晚晴笑呵呵的擺擺手，心裡還繼續美呢，這又是秘笈又是參選資格的，她的運氣終於來了！一旁看著的葉家人都有點擔心，這笑得有點嚇人啊……只有阿獸，看見顧晚晴笑他也跟著笑，顧晚晴笑得嚇人，他就笑得比她更嚇人，相當貼心。

那張帖子裡另有一張通知，上面寫著去天濟醫廬報到的時間和參賽的規則等等。顧晚晴有心仔細看看，但一家人出門在即，只好按下心頭的雀躍，先去鋪子那邊開業再說。

「晚晴成衣鋪」的開業程序很簡單，反正他們開這間鋪子的主要目的是出手那些衣服，一旦衣服賣光了，他們估計也不會繼續做下去了，於是只放了一掛鞭，扯了罩在招牌上的紅綢就算完事，沒請什麼賓客——也沒人可請。

不過，附近的布行糧店糕點鋪子看到他們開業，都派了夥計過來恭賀，討個喜頭。

葉明常和葉顧氏很高興，畢竟以前沒營業過這麼大的攤子，連忙各自又帶了回禮去各個鋪子拜訪，一時間忙得不可開交。

葉昭陽覺得自己幫不上什麼忙，就在一旁和阿獸比賽靜坐。

看著他們兩個一動不動的坐在椅上滿面嚴肅的模樣，顧晚晴就想抽他們，什麼了不得的事啊！弄得像世界末日似的！

不過，葉昭陽估計是贏不了阿獸的，阿獸雖然懷揣著一顆野獸的心，但他的毅力不可小窺，就像綁頭髮，顧晚晴並沒非逼著他一定要在多久內學會才行，但他自己逼自己。

顧晚晴在發現他會自己梳頭了的時候還大為驚奇，以為遇到了不世奇葩，後來在他學習拿勺子吃飯的時候才無意間發現，結束了一天的課程後，阿獸回到房間就苦練學到的內容，擺個空碗用勺子假裝吃飯，硬是練了整個晚上，可想而知，梳頭也是這麼練出來的。

「別玩了。」顧晚晴走過去一人踢了一腳，「幫忙招呼客人。」

這裡地段不錯，雖然才開張，已經有客人陸續進來看東西了。只是看的多，問的少，買的就更少了，因為顧晚晴的那些衣服都是一些少女款式，有客戶局限性。

忙活了一陣，葉氏夫婦串完門回來了，顧晚晴便將店面交給他們，自己躲到後院去研究天醫選拔的事。

說白了，人人都可以參加選拔，哪怕不是天濟醫廬的學生也可以，只是必須得經過一次考核，考過了才有正式的參賽資格。通知上也列舉了考核的內容，分三個方面，分別是斷症、醫理和下方。顧晚晴看著通知下面的小字，考核三關有一關未過者即算淘汰，她覺得，她離被淘汰不遠了。

還有五天啊！就算她能背下一些醫理和成方，但斷症怎麼斷？她連把脈都不會。

看來之前她有點想當然了，只想著參選天醫得到天醫玉，完全忽略了自身實力這個問題，其實異能在這樣的場合一點用處都沒有，沒有醫術，她根本連門檻都過不去。

不過饒是如此，顧晚晴還是決定一試。

她是要學醫的，不只為了更好的發揮自己的異能，還因為一份追求。她希望自己有一天不必依靠異能，也能像大長老和顧長德那樣憑真本事救人於危難之中，雖然他們一個脾氣不好、一個俗氣世故，但每當他們面對病人的時候，眼中都會散發出一種專注的神采，這是他們的人生價值，顧晚晴喜歡這樣的神采，她希望自己將來也能擁有。

但如何擁有呢？進天濟醫廬是一個途徑，天醫選拔大會則是另一個途徑。

選拔天醫在醫學界算是一件盛事了，到時定會有諸多高手前來切磋，她去見見世面，順便看看有沒有想收弟子的大國手……咳，更何況還有一個名為顧青竹的神秘美男在對她默默期許，她怎能辜負人家的一番好意！

有此覺悟後，顧晚晴背那些醫書背得更勤了，完全的死記硬背，雖然難度很大，但提前做點功課總沒有錯。

五日轉瞬即過，這天顧晚晴早早就起來了，又去抓了同樣報了名的葉昭陽起床，匆匆吃過早飯就出發了。

阿獸是必須要跟著顧晚晴的，甩也甩不掉，所以跟他們一起出發。顧晚晴與葉昭陽坐著僱來的馬車趕往天濟醫廬。阿獸怕暈車，照例跟著車跑，一點也沒被落下。

到了天濟醫廬的時候，醫廬外已是人山人海了，這是顧晚晴第一次到這裡來，雖然早已聽過這裡的大名，但實際見到的時候還是嚇了一跳。

那圍牆，居然一眼望不到頭。

這裡可是京城啊！能在京城中擁有一片如此廣闊的地方簡直是匪夷所思，看來那個能同時容納

千人的辨藥場是真實存在的，並不是臭吹。

憑藉著顧晚晴手中的請帖，顧晚晴三人得以優待，順利的通過了門檢進入醫廬，不必像那些人一樣在外頭乾等，也做了一回特權階層。

顧晚晴原以為自己來得早，可當她到了待候室的時候，卻見到顧明珠與顧長生，從他們喝得只剩半盞的茶來看，他們早來了。

見到她，顧明珠起身迎了過來，淡淡笑道：「六妹妹來得倒早，還有大半個時辰才開始呢。」說著便引她去坐。

顧長生則瞥了她一眼，仍是木木然然的模樣，很快就移開眼去。

「大長老特許長生以顧家族人的身分參選。」顧明珠在旁低聲說了一句。

顧晚晴一愣之下才明白她的意思，以顧家的族人參選，那麼就是有做天醫的資格了。顧長生從小就被當作天醫的繼承人來培訓，醫術自然是好的，難怪淡然連顧明珠都有些上心。

其實不必明說，雖然此次選拔會按年齡分為三個組別，但天醫無疑會在最年輕的一組中產生，因為一旦成為天醫是要學習梅花神針的，年輕人的學習潛力大，而且身邊環境不會太複雜，更方便融入顧家現有的高層之中。

「妳的醫術恢復了嗎？」冷冷的一聲，卻是顧長生不知何時又轉回來，定定的看著顧晚晴。不只顧長生，連顧明珠都看著她，面上微帶好奇。

顧晚晴誠實的搖搖頭，「我就是來湊熱鬧的。」

她這是實話，豈料顧長生聽完後一點面子也不給，「那妳還來做什麼！」說完又轉過臉去，再不理人了。

顧晚晴訕然，她不是說了嘛……湊熱鬧啊……

顧明珠眉間微蹙，「六妹妹，最近我翻看了許多有關失憶症的病例，有的是完全失憶，想不起任何事情；有的是間歇失憶，記不得某一個特定時段的事。而妳的病症比較特殊，人與事都還記得，只忘了醫術，我暫且歸納為『技能型失憶』，有可能與六妹妹給自己的壓力過重有關。我整理了幾套醫治的法子呈給二伯看了，主要還是以針灸為主，如果二伯也認可，六妹妹不妨試試，有可能回復記憶也說不定。」

顧晚晴越聽越汗，只能頻頻點頭又不敢承諾太多，就怕顧明珠當真。

過了一會，又有一些人進了等候室，都是顧家主支一脈的子女，像是顧天生、顧宇生和顧珍珠等人。

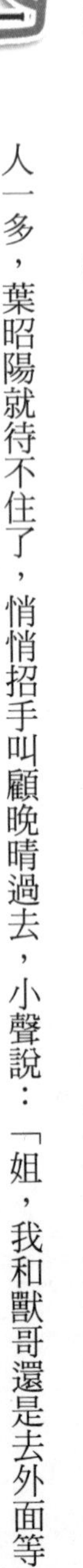

人一多，葉昭陽就待不住了，悄悄招手叫顧晚晴過去，小聲說：「姐，我和獸哥還是去外面等吧。」

看著他為難的樣子，顧晚晴本也想和他們一起出去，冷不防顧宇生湊過來，「六妹妹，哥哥有話對妳說。」

顧晚晴沒辦法，只能讓葉昭陽帶阿獸先出去。可阿獸死活不走，葉昭陽氣得也不管他，自己跑出去了。

顧宇生好奇的多看了阿獸兩眼，見顧晚晴並無介紹的意思，也就沒問，笑呵呵的道：「妳那個丫鬟，叫和樂的，給了哥哥吧。」

顧晚晴愣了下，「和樂？」

自從和樂投靠顧長德一起算計自己後，這個名字已經很久沒在她的記憶中出現過了。

「是啊。」顧宇生笑道：「妳走了之後她就跟了五妹妹，這丫鬟很得哥哥的眼緣，幾次向五妹妹討要，可五妹妹非說她是妳的丫鬟，得妳開口才行。」

顧晚晴聽罷半晌無語，看來她這哥哥專盯她的丫鬟啊！上次有個討要不成，被顧還珠一氣之下嫁出去的綠柳，這次又輪到和樂了？

不過，她不打算管這事，如果是青桐的話她或許還想一想，和樂嘛……還是算了，她對出賣過自己的人沒那麼多好感。

「這件事我管不了。」顧晚晴看了一眼不遠處正與顧珍珠說話的顧明珠，一時間也弄不清楚顧明珠到底是真的尊重她的意思，還是只想把這個麻煩推出來？畢竟自己的丫鬟被哥哥收了房，這件事傳出去不太好聽。

「和樂已經跟了五姐，她的事自然由五姐來做主，以後她的事別來問我了。」

顧晚晴說完就想離開，卻不想被顧宇生抓住了胳膊，「六妹妹，妳去和五妹妹說說。」

顧晚晴皺了皺眉，就算是堂兄妹，這樣的舉動也不太好吧？她正想掙開顧宇生的手，忽見阿獸衝了過來，跟著手臂一鬆，耳邊傳來顧宇生的一聲痛呼。

「阿獸！」顧晚晴連忙抓住以低吼相喝的阿獸，再看顧宇生的手腕上，多了幾道鮮紅的血痕。

「這什麼人啊！」顧宇生捧著手腕，估計是真疼著了，眼睛裡都轉了淚花了。

「我的……保鏢。」顧晚晴偷瞄一眼阿獸的指甲，嗯，是該剪剪了。

「都是一家人妳帶什麼保鏢啊！」顧宇生埋怨了一句，轉身喊人：「快給我包上！」

一旁連忙來人過來給他處理傷口。

顧晚晴見他無礙，這才安撫的拍了拍阿獸。

阿獸對著顧宇生又吼了兩聲，情緒才漸漸的平復下來。顧晚晴不欲在屋裡面對這些人探究的目光，帶著阿獸轉身出了等候室。

誰都沒有留意，顧明珠的目光從剛剛開始便一直鎖在阿獸身上。顧明珠一直回想著她見到的情景，剛才阿獸衝過來的時候，他的頸側居然「長」出了一些黑色的紋案，而後又慢慢消失，那種特殊的顏色，觸動了她的一些思緒，也使得她的目光中帶了些不可思議。

而帶著阿獸出來的顧晚晴也看到了他頸上現而又消的紋案，這是她第二次見到，還是覺得相當的神奇。

「以後別這麼衝動了，知道嗎？」她和聲細語的叮囑著阿獸，並沒有發怒，因為阿獸是在維護她，他以為顧宇生要傷害她。

阿獸兩手的手指扭在一起，十分緊張的樣子，極度小心的抬眼看了顧晚晴一眼，見她真的沒有發怒，這才高興起來，現出一個極燦爛的笑容。

顧晚晴本來是想找葉昭陽的，可在院子裡沒看見他，問了問一旁的下人才知道，葉昭陽這類的「普通」學員另有等候的地方，這裡是給顧家直系子弟專設的等候處。

既然早有安排，顧晚晴也願意遵守，規則就是用來破壞的這句話並不適合她。

在院子裡轉了兩圈，顧晚晴留意到等候室的門邊掛了一副木質對聯，上聯是「只望世間人無病」，下聯是「何愁架上藥生塵」。

這兩句話，顧晚晴越看越喜歡。是啊，這才應是醫者的追求，想想她那個時空，一些藥房都做什麼促銷抓獎的活動，境界真是差太多了。

「心生感慨？」

身邊突然傳來的聲音嚇了顧晚晴一跳，轉過頭去，卻是大長老與顧長德站在身後，說話的正是大長老。

顧晚晴連忙轉身向大長老問安，對顧長德也福了一福，畢竟他願意把神秘美男的帖子轉給她，也算是先行示好的一種表現。

大長老說過那句話後便負著手走進等候室。顧長德沉著臉對顧晚晴微一點頭。雖然他極力板著臉，顧晚晴卻從中看出了他的些許不自在。

不會是不好意思吧？顧晚晴心裡偷笑，跟上顧長德身後，小聲問出了自己最想問的問題：「二叔，顧青竹……是誰？」

顧長德一瞪眼睛，顧晚晴還沒明白什麼意思的時候，前面的大長老猛然停下，轉身黑著臉道：「老夫便是，有何指教？」

顧晚晴：「……」

第五十一章

【考核】

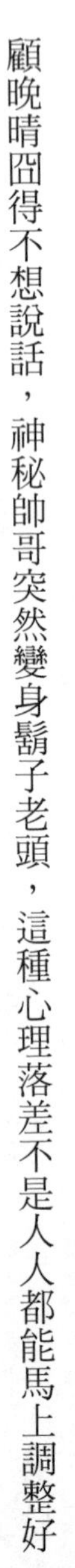

顧晚晴囧得不想說話，神秘帥哥突然變身鬍子老頭，這種心理落差不是人人都能馬上調整好的。

顧長德還在一旁教訓她，「大長老是長輩，怎可隨意稱呼名諱。」

顧晚晴連連點頭受教，她真的錯了……

見她認錯態度良好，大長老也沒追究，復又進得門去，對等候室中二十餘個顧家直系子弟道：「此次選拔不分長幼，不分嫡庶，只要你有真本事，儘管使出來，免得被一些外人比下去，讓人笑我顧家無人。」

屋內眾人齊齊應聲。大長老微微點頭，「你們現在便跟隨家主去思恩堂準備考核。」說罷又轉頭向顧晚晴道：「還珠，妳留一下。」

顧晚晴便退後一步給那些堂兄弟堂姐妹們讓開路，他們魚貫而出之時，顧晚晴看到顧長生眼中譏誚一閃而過。她被鄙視得有點莫名其妙。

顧宇生經過她時則小聲說：「記得抽空和五妹妹說我那事啊。」

顧晚晴翻了個白眼，她這位四堂哥還真有人生追求。

他們都出去後，室內只剩顧晚晴與大長老二人。準確的說是三個人，阿獸就跟著顧晚晴，誰也趕不出去，惹急了還咬人，大長老也沒辦法，只能讓他在這等著。

輕咳一聲，大長老又恢復了黑著臉的模樣，清臒的面容顯得滿是威嚴，「把手伸出來。」

顧晚晴微怔過後便將手心朝上伸至大長老面前，如今她手心的紅痣顏色已恢復到和原來差不多了。

大長老看過後沒有作聲，從袖口內抽出一張折好的紙扔給顧晚晴，再無二話，轉身出去了。

顧晚晴莫名其妙的，她拆開那信紙，見紙上列著三十多種不同的病症，病症都比較常見，有風寒、風熱、頭痛、胃寒等穿插著排行，編號從一到三十五，但只是症狀名稱，再無其他。

難道……這是小抄？

顧晚晴琢磨了半天才有所感悟，但她還是不太敢相信大長老會這麼關照她，大長老不是不希望她做天醫嗎？要不然何必弄這個選拔大會？她想了又想，難道是怕她過關，所以故意寫錯陰她的？這根本是多此一舉啊。

顧晚晴實在想不通，但還是把小抄收了起來，然後前往思恩堂。

思恩堂的院落很大，院中搭了兩個涼篷，他們這些準備考核的占了一個，另一個裡面坐著大長

老和其他幾個穿著長老服飾的人。

因為顧晚晴來得晚，顧明珠在旁低聲解釋道：「家主與三叔去了知明堂驗看普通學員的考核，我們便由長老們負責，一會便在那邊的涼亭內為病人看診，會有長老記下我們的表現，再統一裁定。」

顧晚晴看了看位於兩個涼篷中間的亭子，點了點頭，收回目光時掃見面無表情的顧長生正坐於自己斜前方的位置，心中突然一動。剛剛他出門時鄙視自己的眼神……該不會和那張小抄有關吧？

顧晚晴無語啊！顧青竹大長老，你要開後門就開得隱秘一點啊！弄得成了地球人都知道的秘密，存心的吧？

不過再看顧明珠，神情絲毫無異，看樣子應該是不知道小抄的事情。顧晚晴又想起顧長生此次參賽是大長老特許的，還讓他用顧家子弟的身分參加考核，要知道顧長生根本不是顧家的血脈啊，大長老又是為何有此決定呢？

正想著，顧明珠突然小聲問道：「六妹妹，妳這個『保鏢』是從哪裡找來的？」

顧晚晴看了看身邊。

阿獸坐在座位上筆直筆直的，見她看過來，他還一個燦爛的笑容。

顧晚晴也跟著笑了。她特別喜歡看阿獸的笑容，一點心機也沒有，只是單純的對她好，和他在一起的時候，她根本不必想他是不是有什麼陰謀詭計，是不是想利用自己達到什麼目的。

「他是我義父在山裡撿回來的。」

阿獸的來歷不難探查，最起碼那些曾入山尋找野人的獵人們都知道有這麼一個野人，鄭大叔更是見過阿獸，所以無從隱晦，也沒必要隱晦，只是顧晚晴隱去自己，只說是葉明常撿回來的，以免給自己增加不必要的流言。

不過顧晚晴也沒有細說，只說葉明常在陷阱裡發現了他，見他可憐就領回家裡，「過段時間我義父會去衙門為他領取戶籍，正式認養他。」

顧明珠聽罷點了點頭，似乎對阿獸沒有興趣了，只是在這之後，她的話明顯少了許多。

顧晚晴沒留意到她的情況，注意力全放在已經開始的考核上。

考核的程序很簡單，抽到多少號就看多少號的病人，然後問診斷症，最後寫下診斷結果和認為合理的藥方，等待長老們的驗看。

果然不出所料是按號碼來的啊。顧晚晴一陣激動，悄悄摸出大長老給她的小抄藏在袖子裡，以便一會抽過籤後方便查看。

因為顧晚晴來得晚，座位也比較靠後，這倒方便她觀察別人的看診情況。

其實看病的過程都是大同小異，無非就是望聞問切，但也有不走尋常路的，比如顧宇生的看診方式就相當豪邁。他抽到一個頭痛患者，簡單問了問哪疼後，他抽出銀針就要給人下針，美其名曰是「試針」，用針試出病人的準確痛點他才能繼續看診下方。顧晚晴見到有兩個長老連連搖頭，看來顧宇生的過關機率相當小了。

顧宇生倒沒看出有多鬱悶，下場後就避著阿獸湊到顧晚晴身邊來，一個勁的問她：「和樂那事妳和五妹妹說了沒有？」

顧晚晴徹底服了他了。

排在顧宇生之後的是顧明珠，她抽到了一個咳嗽的病人。她先是問了諸如「何時發病」、「最近吃過什麼東西」這樣的問題，又看了那個人的嗓子，以竹筒聽病人的胸背部，最後才下指診脈，每一項檢查都做得認真仔細，配上她淺淺的微笑與溫柔的嗓音，最後那病人的咳嗽聲都少了，讓顧晚晴嚴重懷疑顧明珠是不是也有治癒系能力。

在顧明珠落筆寫方時，她突然問了問那病人的家境，得知病人家境一般後，在已經寫到一半的方子上劃上幾筆，這才又繼續寫完。再看旁邊監督長老的神情，極為滿意的。

有了顧明珠的示範，之後幾位考核的學員最後都會問及病人家境，以病人能夠負擔的藥材來解決他們的病情，這讓之前已經考核完的人都有些擔心，怕自己因此減分。

不過，輪到顧長生的時候，顧晚晴算是見識到什麼叫「風格」了，他不僅沒有跟顧明珠的風，除了開始簡單的問了兩句外，之後再沒說過一句話，診脈、寫方一氣呵成，而後連簡單的交代都沒有，就那麼把監督的長老晾在那，自己出了涼亭坐回原位。

最主要的是，顧長生臉上也沒有那種不可一世的高傲或者極度自信的神情，自始至終他都是面無表情的模樣，好像參不參加這次考核對他來說沒什麼差別一樣。

最後倒是那個病人急了，拉著監督長老一個勁的問：「我是不是得了絕症？那大夫怎麼不說話？」

長老一臉菜色的安慰他，「真沒事……就是風寒……」

把那病人送下去後，終於輪到顧晚晴上場。顧晚晴費了好大的力氣才讓阿獸乖乖坐在椅子上等著，又把一小包米團子交給顧明珠，阿獸亂動的時候就拿米團子給他吃。這些米團子很小，一個就大拇指頭那麼大，是葉顧氏做的小點心，阿獸非常愛吃。

顧晚晴進了涼亭後，從紙桶中抽取了一張紙籤，監督長老打開來，裡面寫著二號。顧晚晴心中

竊喜，她不用看小抄也能記住，二號的病人是風寒症，和顧長生抽到的病症是一樣的。

這段時間顧晚晴除了背湯頭歌和穴位表，梅花先生的「行醫手劄」她也有在背，而手劄中記載的第一大類就是風寒，幾張藥方她也記得清清楚楚，所以她才這麼高興，如果她抽到頭痛這種病因多發的病症，那她就該不幸得頭痛了。

抽好籤後，顧晚晴信心滿滿的等來了病人，該問什麼剛剛她偷學到了不少，自然難不倒她，又裝模作樣的看過嗓子診脈過後，她清清嗓子，「這位大叔只是偶感風寒，請不要擔心……」

這招是學自顧明珠的，以真誠和笑容溫暖病患，絕對加分。

顧晚晴吹乾了自己寫下的方子交給監督長老，監督長老仔細的看了看方子，突然皺了下眉，抬眼瞄了她一眼，而後點點頭，示意她可以離去。

顧晚晴又有點擔心了，難道她寫錯了?忐忑的回到座位之旁，正看到顧明珠微笑著拿小米團子遞給阿獸，阿獸伸著手掌乖乖的等著，得到一個米團子後一下子扔進嘴裡，然後再朝顧明珠伸出手，笑得單純燦爛。

不知怎麼，顧晚晴的心裡突然有點不舒服。

阿獸一直都很黏她，對葉氏夫婦和葉昭陽雖然親近，但沒有這麼黏人，所以顧晚晴自然而然的認為他和自己是最親近的，剛才在涼亭裡的時候她還在擔心，怕那些米團子不足以安撫他，結果呢？他在這玩得倒開心。

看著顧明珠有意和他玩，假裝拿了團子給他，阿獸見手中空無一物時竟也沒生氣，反而笑得更開心時，顧晚晴心中的憋悶簡直到了頂點，一聲不吭的坐回自己的位置，隔開他們兩個。

阿獸見顧晚晴回來也沒表示有多高興，反而一直追著顧明珠要米團子，胳膊越過顧晚晴伸過去，晶亮的眼睛一閃一閃的。

顧晚晴一下子就生了氣，伸手打下他的胳膊，「別鬧，坐好。」

阿獸被她打得愣了一下，而後看了看顧明珠，低下頭去在椅子上坐好，一動不動了。

「怎麼了？」

耳邊傳來柔和的聲音，顧晚晴轉頭過去，對上顧明珠關切的目光。

「沒有考好嗎？」

看著顧明珠那坦然的模樣，顧晚晴突然彆扭起來，又後悔自己剛剛對阿獸太凶了。想一想，這麼久以來他都沒接觸過外人，忽然遇到一個又美又溫柔的姐姐，想和她玩也是正常的。

這麼一想，顧晚晴就覺得自己的反應過頭了，與顧明珠簡單聊了幾句後，回過頭來碰了碰阿

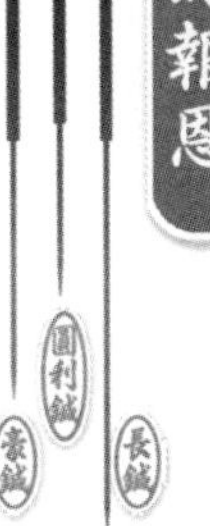

獸。

阿獸還是一動不動的，雖然身子坐得筆直，但垂著頭，十分不開心的樣子。

顧晚晴便又拿米團子哄他，開始他把頭扭到一邊去，直到顧晚晴給了幾次，他才轉過頭來接了，臉上也漸漸有了笑容。

顧明珠在旁笑道：「阿獸真像個孩子，和他在一起，好像什麼都變得單純了。」

「是啊……」顧晚晴看著抱著米團袋子吃得高興的阿獸，突然覺得他如果一直這樣子倒也很好，如果他有一天學得像個正常人了，說不定也會有很多煩惱吧。

過了一會，等剩下的學員全都考核結束，長老們就將他們寫下的方子一一審驗，分放三列。第一列的方子最少，只有寥寥數張，第二列的最多，第三列的也只有四、五張。

長老們一一看過後，又將方子呈給大長老過目。大長老先看第二列的，看的過程中又時不時將第二列的一些方子歸到第三列中，而後才拿起第一列的方子仔仔細細的看了半天。

良久過後，大長老才放下那張方子，指尖點著第三列的方子，「這裡的……都是不合格的。」

當即有下人過去將那些方子按名字分發給書寫者。

顧晚晴的心提得老高，眼睛一直跟著發方子的人轉，直到發完最後一張，她才偷偷舒了口氣。

「你們都是顧家的子女，從小便與醫藥接觸，雖然有些人的精力是專注於辨藥、不精於問診，但我顧家身為醫學世家，族中子弟絕不該開出這等平庸之方。」大長老越說越動氣，「拿到方子的儘快離開吧，別在這丟人。」

大長老本就生得嚴肅，動起怒來更是無人敢捋虎鬚，當即，得到方子的六、七個人低著頭匆匆出了院子，其中就包括顧宇生。

這廝在臨出院子前還在對顧晚晴千里傳音，「六妹妹……」

顧晚晴都懶得理他了，用腳趾頭想也知道他想說什麼。

待他們離開之後，大長老又指指第二列中的十幾張方子，「這些嘛，差強人意，以後還須努力，不可一味只知死記硬背。」說完，他又拿起第一列的三張方子，「此次考核表現最優者有三，顧長生……」

顧長生隨即站起，大長老道：「雖然你問診不夠精細，但用藥出色，對藥量的掌握更是精確，以最少的藥劑發揮最大的效果，做得不錯。」

顧長生得了誇獎也沒見有多高興，微一欠身後，又坐下了。

大長老又抽出一張，「顧明珠。」

顧明珠起身時明顯興奮了一下，顧晚晴聽到她極低的驚呼了一聲。

「妳用藥雖稍顯謹慎，但於藥效無損，妳能兼顧各方，考慮病患是否有其他疾病，這一點很好。最值得稱讚的是，妳能替病患考慮周到，我們看診的對象大部分為普通百姓，沒有多少能用得起那些珍貴藥材，妳能想到這一點，相當難得。」

比起對顧長生點到即止的點評，大長老的這個評價算是很高了。顧明珠雖然向來淡然，也忍不住面露喜色，坐下後還笑咪咪的，顯然十分高興。

最後，大長老拿起剩下的那張，又看了看，才把臉一沉，「顧還珠。」

顧晚晴嚇了一跳，還有她？

她又驚又喜的剛站起來，就見大長老一拍桌案，「妳的字怎麼那麼難看！」

顧晚晴：「……」

第五十二章

【有得有失】

顧晚晴囧囧有神啊！

怎麼著？點她名就為了這事？她已經練得很好了啊，就快趕上葉昭陽了。

「我……前段時間弄傷了手……還沒太恢復……」基於大長老應該認得顧還珠的字，顧晚晴還是想了個藉口應付過去。

大長老看看她，沒有吭聲，又低頭看了一會那方子，而後放至一旁，輕描淡寫的道：「方子倒還不錯，大家可以過來看看。」

這句評價雖然簡短，但分量不輕，連顧晚晴都震驚了。

她寫的方子是在梅花先生的「行醫手劄」中背出來的，因為手劄中的病歷方子她都沒有求證過，所以還曾懷疑有沒有錯的地方，沒想到居然能被大長老誇讚。

大長老話音剛落，顧長生已起身第一個過去，隨後其他的人才跟上，顧明珠起身前朝顧晚晴笑了笑，還是那樣，不溫不火的。

顧晚晴有點心虛，隨大流跟著去看，人卻躲在最後頭，怕有人和她「切磋」醫術。

「通過考核後，你們與其他學員再無區別，十日後所有通過考核的學員將會進行初選，初選的內容屆時公布，這十日你們務必好好準備……」

一位長老宣布初試事宜的時候，大長老背著手走到顧晚晴身邊，低聲說了句：「跟我來。」

顧晚晴馬上跟過去，待離得眾人遠一些後，大長老審視她一陣，突然問道：「那個方子，是在哪看到的？」

顧晚晴內心微汗，原來大長老早知道這不是她的真本事，連忙道：「我偶然得到一本行醫手劄，裡面記錄著一些看診的經過和方子。」

大長老點了點頭，「還算妳平時懂得勤奮用功，不枉我關照於妳。」

顧晚晴連忙道謝，又道：「也是我運氣不錯，如果抽到別的病症，想來不會這麼順利。」其他的頭痛、胃痛之症病因繁多，雖然她心裡也有些成方，但斷定病人到底適合哪一種方子又是一個難題，風寒則相對容易得多。

聽了她的回答，大長老白眉微動，似乎是稍有驚訝，「妳倒真是改變了很多。」

提起這個話題，顧晚晴不想多說，轉而問道：「大長老為什麼……這麼關照我？」她實在太好奇了。

大長老淡淡看她一眼，「我關照妳自然是有原因的，但妳無須深究，只須記得，不管妳人在哪裡，妳始終是顧家的一分子，妳有責任與族人一起承載顧家的榮辱興亡，懂嗎？」

顧晚晴緩緩的點了點頭，但其實心裡還是有問號的，榮辱興亡？這名頭有點大啊。

大長老的話到此為止，而後便負著雙手悠然走開。

顧晚晴心中疑問未解，她還是不知道大長老為什麼突然對她這麼好。滿腹疑惑的回到涼篷中，長老們和族中的子弟大多已經散去，只剩寥寥數人，其中便有顧明珠，她正與阿獸說著什麼，阿獸雖然一臉問號，但還是耐心的聽著，沒有絲毫煩躁之意。

走得近些，顧晚晴見到顧明珠指著她自己，緩慢而清晰的說：「顧。」

阿獸吞了下口水，想了想，小心的張開嘴，發了一個「咕」的音節。

顧明珠立即拍手以示讚揚，阿獸笑得開心，低下頭去以頭頂朝著顧明珠，顧明珠一愣，顯然是不明白他的意思。

顧晚晴壓下心中糾結的複雜感覺，走上前去揉了揉阿獸的頭頂，笑著與顧明珠說：「也不知道什麼時候養成的習慣，總讓人誇他才好。」

顧明珠也跟著笑了笑，「阿獸很聰明，好像也聽得懂我的話。」

「能聽懂一點吧。」顧晚晴的回答聽起來像是敷衍，不過她自己一點也沒有這樣的自覺，只想帶阿獸快點離開這裡。

顧明珠跟著他們出了思恩堂，因為顧晚晴還要去找葉昭陽，所以顧明珠先行一步，臨分手時，顧明珠淡雅一笑，「還沒恭喜六妹妹醫術復得。」

「其實……」顧晚晴微訕，但又不知該怎麼解釋。

顧明珠體諒的笑了笑，「那姐姐就先行一步了，改日去葉世伯家探望妹妹。」

對此顧晚晴也沒當真，點頭與她揮別。

之後顧晚晴便帶著阿獸去辨藥場等葉昭陽，因為普通學員的人數很多，等葉昭陽考核結束後，已經過了中午了，而他們的考核結果也沒有馬上出來，得等到五天後再來這裡看結果。

只是顧晚晴覺得葉昭陽可以免了這趟麻煩了，從他那垂頭喪氣的樣子就不難看出，他沒戲了。但他聽說顧晚晴已經過關了，還是為她高興的，特地拉著她去買了些熟食，準備晚上加菜慶祝。

又過了幾天，到了公布考核結果的日子，葉昭陽雖明知無望也還是去看了看，結果不出所料，不過他也沒怎麼失望，他才入學幾個月，要是這樣也能讓他蒙混過關，反倒是沒有天理了。

象徵性的安慰了一下葉昭陽，顧晚晴便帶著阿獸去了成衣鋪子。這幾天顧晚晴上午在家背書，下午就去幫葉顧氏看鋪，順便放鬆腦子。

由於有客戶局限性，所以成衣鋪的生意並不怎麼紅火，但也算是有些收益，倒還讓葉顧氏滿意。

到了鋪子的時候，顧晚晴訝異的發現顧明珠居然也在，看那樣子，已是等了很久了。

「我還對五小姐說妳過了晌午就能過來，今天怎麼晚了點？」葉顧氏顯得有些侷促。

顧晚晴便道：「我等昭陽看完結果才來的。」

葉顧氏忙問道：「結果怎麼樣？」

顧晚晴搖了搖頭。葉顧氏嘆了一聲，但和葉昭陽一樣，也沒有過多的失望，客氣的讓過顧明珠後，就繼續忙她的事去了。

顧晚晴帶著顧明珠去了後院，這才問道：「今天怎麼這麼有空？」

「我也是順路。」顧明珠的聲音柔柔的，十分動聽，「前陣子鎮北王妃因馬匹受驚而受了傷，御醫開了幾劑藥都沒什麼好轉，正巧鎮北王在京述職，對那幾個御醫大發雷霆，皇上便派了二伯去王府為王妃診治，我是隨二伯去的，這會才從王府出來，正巧離這近，才順路來看看妳。」

「王妃的傷勢很嚴重嗎？」顧晚晴有點好奇。

顧明珠搖搖頭，「王妃的傷勢倒不重，只是不太有精神，二伯說王妃應當是另有心結，御醫只針對患處開藥，自然無法藥到病除。」

又和顧明珠不著邊際的聊了幾句，顧晚晴也沒摸明白她的來意，好像真的是順路過來看看，一點目的都沒有一樣。

過了一會，葉顧氏從鋪子過來，將顧晚晴叫至一旁，為難的道：「糕餅店的陳老闆今天做壽，我們開業那天他是親自過來的，我不去實在不好，本想等妳來了我就去的，可現在……」她看了看一旁與阿獸說話的顧明珠，小聲說：「五小姐什麼時候走？」

這個顧晚晴也說不準，又不好去問她，便道：「妳先去吧，快去快回就是，我叫她去前面聊天，順便看店。」

葉顧氏點點頭，簡單的收拾了一下急急的走了。

顧晚晴招呼了顧明珠一聲，「五姐姐，我們前面說話吧。」

因為葉顧氏走得急，顧晚晴說完就去了店面裡，也沒看顧明珠有沒有跟上。過了一會，顧晚晴也沒等到顧明珠，這才覺得她可能是沒聽見，等到送走一個客人後，顧晚晴就又回去叫她。

「五姐姐……」顧晚晴站在店面的後門處看著院中笑得開心的兩個身影時，才驚覺自己身邊少了點什麼。

阿獸竟然沒跟著她。

這在以前，是根本不可能的事。

顧晚晴一個勁的說服自己他只是想交朋友，就算今天不是顧明珠，阿獸也會表現出這樣的熱情，只是，不管怎麼想，那種不舒服的感覺又回來了。

顧明珠與阿獸坐在一間倉庫前的石階上，顧明珠手裡拿著一根樹枝在地上寫著什麼，阿獸就在一旁認真的看，時不時的傻笑兩聲，拍著自己的胸膛叫：「獸獸！」

之前他從沒對除了她以外的人說過這兩個字，頂多是「嗚嗚嗚」，或者「啊嗚」。

「阿獸。」顧晚晴輕吸了一口氣又長長吐出，掛著笑容走過去，「你們在幹嘛？」

顧明珠笑著站起身來，看了看身邊的阿獸，突然伸出食指在唇邊豎起，阿獸立時笑彎了眼睛。

阿獸本就生得俊朗，眉宇之間隱存狂放，配上他健美的身形與古銅色的肌膚，另有一種逆轉當下以白為美的野性容姿。他本該是難以馴服的，可偏偏就是他，笑起來時卻是那樣的燦爛美好，彷彿能讓人煩惱盡消。

其實他們不說，顧晚晴也已經看到了，在他們前面的地上寫著一些字，有一些被蓋掉了，比較明顯的是「顧」、「珠」、「獸」、「醫」這幾個字，他們是在學寫他們的名字嗎？

怎麼自己沒想到呢?顧晚晴回想這半個月來,自己整天只會叫他走、坐、吃飯,最近又忙著背書,連教他發聲的任務都交給了葉昭陽,而她也很久沒檢驗過他的進展了。

看著阿獸有樣學樣的也豎起一根手指在唇邊,還隨著顧明珠一起「噓」了一聲,而後與顧明珠相視而笑時,顧晚晴忽然覺得自己笑得好辛苦。

阿獸這麼開心的樣子是她以前沒有見過的,以往阿獸開心只會挨到她身上蹭,卻並不會有這樣的互動。

是她忽略阿獸了嗎?所以他才會渴於交新朋友?

也在此時顧晚晴才發現,原來阿獸早就與之前不同了,與她剛發現他時更是天壤之別,現在的阿獸衣著齊整髮絲高束,坐立行走皆是身姿筆直。如果他不開口,只憑外表,誰會將他和那個只穿著一塊獸皮裙的小野人聯想到一處去?

原來不知不覺間,阿獸早就長大了,她卻一直沒有察覺。

在她恍神的工夫,顧明珠笑著說:「我來時二伯讓我對妹妹說,下次再去鎮北王府時,請妹妹與我們同行。」

第五十三章

【鎮北王府】

顧晚晴愣了一陣才反應過來顧明珠說了什麼，顧長德要自己同行，想來是要藉助自己的異能為王妃看病了，但不是說王妃的病因心事而起嗎？異能能治憂鬱症嗎？她不確定。

不過，對於這個邀約她也沒有拒絕，畢竟和顧家打好關係對她來說沒有壞處，而她還受著大長老的後門支援，這對她以後的求醫之路很有幫助。

當下答應了顧明珠後，顧晚晴沒有再要他們一起到店面裡去，自己回去看店，任他們繼續玩他們的神秘遊戲。

只是，說不難過是假的，心裡總覺得哪裡空了一塊似的。

又等了一會，葉顧氏回來了，顧明珠也從後院過來與他們告別。

「那下次再去鎮北王府，就直接過來接妹妹？」

顧晚晴點點頭，「上午和晚上的話就去家裡找我，下午我一般在這裡。」

顧明珠笑著頷首，又對阿獸道：「那我們下次再見了。」

阿獸低鳴兩聲，走到顧明珠身側蹭了蹭她的肩頭。

葉顧氏頓時瞪大了眼睛，倒不是因為什麼男女授受不親的事，而是她從未見過阿獸對顧晚晴之外的人如此親近，就連她自己，阿獸也頂多是讓她摸頭頂，再親密的動作卻是不會有的。

但這樣也好吧。葉顧氏的心裡對阿獸與顧晚晴的親密還是有些不滿的，雖然多次與顧晚晴提過，但她總是不放在心上，現在也好，阿獸與旁人親近了，自然就不會再像以前那麼黏著顧晚晴了。

送走了顧明珠後，顧晚晴就坐在店裡，看著阿獸跟在顧明珠的馬車後送了老遠。

隨後的日子，顧晚晴每天都會安排時間教阿獸說話和寫字，從最簡單的聲母韻母開始，當真是仔仔細細的在教。不過每當阿獸有進步時，她最多也就是揉揉他的頭頂，再親密的動作卻是不做了，對阿獸時不時蹭過來的舉動也時常制止。沒過多久阿獸就明白了，不再隨便往她身上蹭了。

眼看著阿獸每天都有進步，顧晚晴自然是高興的。可隨著阿獸的進步，他們之間的距離也在逐漸拉開，顧晚晴並不喜歡這種感覺，但她想通了一件事，阿獸不可能永遠跟著她的，總有一天他們會分開。

日子轉眼便到了天醫初選的那天，顧晚晴一早就帶著阿獸與葉顧氏一起到了鋪子裡，又給阿獸留了作業，趁他專心練發音的時候自己偷偷出了門。她不想再帶阿獸去天濟醫廬，不想讓阿獸再被人以探究的目光注視，但……若硬要追究，或許還有別的一些原因，是她不願意直接面對的。

顧晚晴沒有乘車，一路走向天濟醫盧。

今天的醫盧並不像上一次顯得那麼吵雜，因資格考核已過，一些沒有合格的學員又恢復了日常的學習課程，與天醫選拔完全分開，並不在一處。

醫盧為參加選拔的人單獨開了一處入口，顧晚晴在門口的登記處填寫名字的時候，眼角瞄見身後不遠處有道人影閃了一下，起先她倒沒怎麼注意，可填寫完畢後，她越想越不對，那人影……她馬上回身去看，一秒、兩秒、三秒鐘……就見不遠處的一棵大樹後試探的伸出一個腦袋，飛快的朝她這邊瞄了一下。

「阿獸……」顧晚晴無語，他到底是什麼時候跟來的？

顧晚晴到樹旁把阿獸拎出來，好笑的看著他又緊張又討好的神情，實在不忍心說他，就輕拍了他的臉頰一下以示懲戒，帶著他一起進了醫盧。

他們隨著指引木牌前往初試場所，還沒到地方，一個小藥僮半路將她攔下，給了她一個信封。

信封上無名無款的，打開來，裡面是一張藥方，除此之外再無他物，顧晚晴把那藥方翻來覆去看了幾遍，隱約明白這大概又是大長老給她的提示，雖然不明白是什麼意思，但還是把藥方仔細記下。好在這段時間背的東西多，記一張藥方也不算難事。

初試場地很大，是個露天的大空場，顧晚晴到達時那裡已集聚了許多人，少說也有三、四百人，大多數是男子，年輕的約莫只有十二、三歲，還有比大長老還老的。

這次初選，顧家子弟和醫廬學員以及外來參選的人員都混至一處，只按年齡劃分組次。顧晚晴環顧了一周也沒見到什麼眼熟的人，直到開始分組時，一些女性醫者被分至一處，顧晚晴才遠遠的看見顧明珠與顧珍珠。她們也見到了顧晚晴，遙遙的點了下頭。

初選之前，閒雜人等都被攔至場外，顧晚晴原本還擔心阿獸不聽話，豈知他乖乖的隨著指引出了院子，臨走前朝著顧晚晴燦然一笑，還大力揮了揮手。

這次初選的內容說簡單也簡單、說難也難。每人分發一張宣紙，紙上寫有患者的一些情況及一個藥方，但這個藥方不是正確的，參選者要根據患者的情況酌情對藥方進行修改，簡單之處在於試卷上寫明了只需更改三味藥，難的地方在於要從這數十味藥中找到這三味藥並改成正確的，劑量也要與其他藥材相配合，才算達標。

顧晚晴這會是完全明白之前的那張藥方是做什麼用的了，心中一個勁的琢磨，大長老到底因為什麼這麼照顧她？給她一路開綠燈，想讓她做天醫就直說嘛！何必還弄什麼天醫選拔多此一舉！

沒怎麼猶豫，顧晚晴把背下的那張藥方抄到空白處，為了不那麼顯眼，特地寫得猶豫一點，又

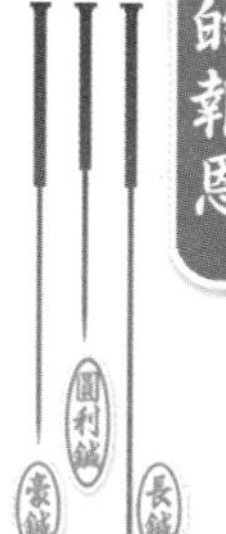

假裝思考拖延時間，省得當出頭鳥。

不過也有不怕當出頭鳥的，在大多數人還在斟酌藥方的時候，已有人舉手示意答卷完畢了，雖然那人離場太快沒看清是誰，但憑他從交卷到離場一句廢話沒有的作風來看，像是顧長生。

於是顧晚晴深深的懷疑他是不是也開了後門，否則怎麼會這麼快呢？

在顧長生之後，又陸續有人交了卷，場內的氣氛開始變得緊張。顧晚晴一直等到有二、三十人交了卷後才也示意自己答完，舉手叫過監督後離開了位置。

離開了初試場後，外頭聚集了一些人，都是剛剛交了卷子的，聚在一起討論題目，顧晚晴為避免有人來問她，特地溜著邊走，順便尋找阿獸。

「六妹妹。」

柔柔的聲音自一側傳來，是顧明珠。

顧晚晴便朝那邊看去，見到顧明珠站在不遠的角落處，阿獸就在她身邊，仍是笑得沒心沒肺的樣。

顧晚晴又不舒服了，笑得像朵向日葵似的，這臭小子……到底是為了誰才跟來的！

顧明珠朝她迎過來，「我是特地等六妹妹出來的，二伯的車就在門口，我們一併去鎮北王府吧。」

對於此事顧晚晴早就答應過，自然不會不應，「能不能先把阿獸送回家去？我擔心他到了王府亂走，惹麻煩。」

「無妨。」顧明珠笑著挽過顧晚晴，自然的朝出口走去，「我替妳看著他就是了。」

顧晚晴看了她一眼，沒有說話。

阿獸當真是明白事了，她們在前頭走，他就在後面跟，一直出了天濟醫廬，一旁停靠的馬車駛了過來，車夫道：「家主已先行前往鎮北王府，吩咐小的在此等候兩位小姐。」

顧晚晴便與顧明珠上了車，阿獸嘛，還是跑步。

「他怎麼這麼奇怪？」顧明珠放下車窗的布簾，眼中滿是好奇。

「他暈車。」

顧晚晴把阿獸第一次坐車的情景說了一遍，顧明珠笑得直不起腰來，最後笑聲稍歇，才試探的問道：「六妹妹，妳最近與傅公子怎麼樣？」

「什麼怎麼樣？」顧晚晴說完阿獸的笑話後心情也沒有變得更好一點，此時聽到這個人，心情更差。

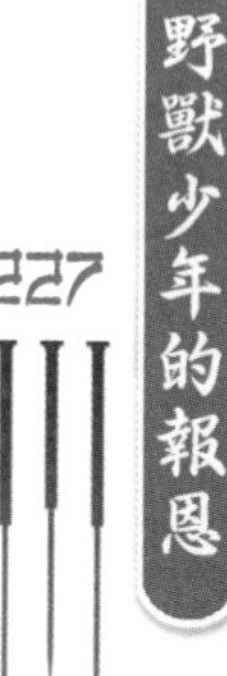

顧明珠偏了偏頭，「上次隨二伯進宮為太后看診，偶遇傅公子，他問起妳時……口氣似乎不太好。」

「我們本來也沒什麼關係。」提起傅時秋，顧晚晴氣就不打一處來，沒見過他這麼不負責任的人，事情開了個頭就撂在那，還得由她來承擔後果！

雖然時到今日也沒傳出什麼有關於她名譽的負面新聞，她現在也不怕和顧家鬧翻做不成天醫，但她畢竟是擔心過的，再想到傅時秋指著她的鼻子斥責她的情景，她就有拿板磚拍他腦袋的衝動。

「他問我幹什麼？」顧晚晴才反應過來。

顧明珠搖了搖頭，「傅公子只是問為什麼進宮的是我而不是妳，我想大概是他又覺得不舒服，想找妳去醫治吧。」

屁！

顧晚晴忍著不罵髒話，傅時秋那混蛋，先是串通玉貴妃刁難她，然後胡亂指責她一通，現在不知道又在冒什麼壞水，簡直是人神共憤！

因為顧晚晴情緒不佳，顧明珠也沒再繼續攀談，只是簡要的介紹了一下王妃的病情。按她所說，王妃身上的挫傷早就好了，只是不知道什麼原因一直下不了床，一起來就頭暈，顧長德診斷是心有鬱結所致，但到底是什麼鬱結，誰也不知道。

「據我所知……」顧明珠再開口顯得有點猶豫，「十多前年，鎮北王世子突然去世了，而後王妃再無生養，二伯猜王妃大概就是因為這件事一直想不開，所以才會小病成屙。」

顧晚晴有點鬱悶，如果是因為這個，她也沒辦法啊，她也沒那麼神奇的能力馬上能讓王妃再生一個……這件事還是求助於鎮北王比較好吧……

顧晚晴鬱悶的當口，顧明珠卻在仔細的看著她的神情，巡視良久，她收回目光，不再說話了。

當馬車停下的時候，顧晚晴聽到車夫叫了一聲，「那小哥，別亂走。」

顧晚晴從車內看到阿獸慢慢的朝鎮北王府大門走去，連忙跳下車去攔住他，小聲警告道：「不許亂走。」

阿獸抬頭看了看鎮北王府的金字大匾，輕輕歪了下頭，不知在想什麼。

顧明珠這時已與王府的護衛交涉完畢，招呼著顧晚晴與阿獸，一起進入王府之中。

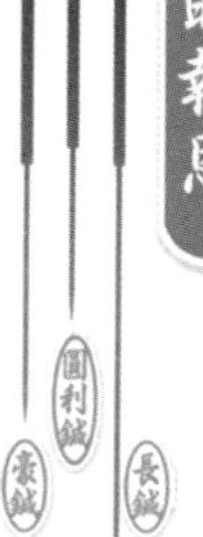

第五十四章

【失蹤】

進了鎮北王府，顧晚晴才覺得有點出乎意料，她原以為鎮北王手握雄兵權勢滔天，所住之處一定是處處繁榮步步美景，可到了地方，眼中所見竟極為簡樸，硬要說奢華，大概只有門口處的兩扇大門，底面朱紅門釘漆金，門旁兩座兩米來高腳踏小鬼的猙獰石獸極有氣勢，看起來不像是石獅，倒像是麒麟。

以麒麟鎮宅？反正顧晚晴是頭一回見著的。

他們隨著王府的下人一路向王府花廳而去，顧晚晴本以為顧長德已先去為王妃看診，可才行至半路，便見到顧長德站在前方不遠處，看著石子路旁的一株月季，似在欣賞，又似在走神。

「二伯。」顧明珠喚了一聲，引起了顧長德的注意。

顧長德轉過身來看了看他們三個，目光特地在阿獸身上多留了一會，才與顧晚晴道：「王爺正在府中，妳與我先去給王爺請安，然後再去為王妃看病。」

顧晚晴點點頭，又聽顧長德道：「這位……小兄弟就不要去了，不要打擾到王爺。明珠，妳陪他在花園走走吧，不要亂跑。」

這大出顧晚晴的意料，她愣了一下，心裡湧上一種說不清的感覺，顧長德也沒問阿獸的來歷便做此安排，難道事先聽說過阿獸的大名？

正當她猶疑之時，顧明珠已應了聲，帶著阿獸轉往花園那邊了。

阿獸臨走前猶豫了一下，看著顧晚晴。顧晚晴雖然對顧長德的作法有點訝異，但阿獸的確是不太適合面見王爺的，如果有什麼失禮之處，那就麻煩了。於是她便朝阿獸點點頭，囑咐了句：「在附近就好，不要亂走，我一會回來找你。」

阿獸也不知道聽沒聽懂，大大的咧了個笑容，跟在顧明珠身後走了。

顧晚晴則跟著顧長德，一邊走還一邊往後看，心裡總有點沒底似的。

顧長德沉聲道：「王爺脾氣冷厲，一會請安之時莫要出錯。」

顧晚晴被這句話吸引回注意，應了聲「是」。

他們一路行至質樸而寬敞的王府花廳，在廳外站定，自有下人進內報訊。沒過一會，顧晚晴便聽到一個沉冷的聲音：「讓他們進來。」

鎮北王的聲音低沉冷酷，似乎還帶著一些金鳴之音，就像是一個人長期呼喝喊壞了嗓子，正常說話的時候聲音就會變得有些奇怪，而他說話時習慣使出的那種力道，聽進人耳中卻又別有一股震懾之力。

低眉順目的跟著顧長德進去，行過禮後顧晚晴退至一旁一動不動的站在那裡，連頭也不抬，直

到聽到……「妳就是顧還珠？」

顧晚晴復又跪下，「民女正是。」

「早聽聞顧氏雙姝醫術超絕，妳更是天醫的不二之選，想來醫術是不會差了？」鎮北王並沒讓她起來，也不給她說話的機會，繼續道：「不過盛名之下未必沒有虛士，本王只相信自己的眼睛。」

說到這，鎮北王停頓了一下，顧晚晴聽到一聲清響，像是他將茶碗放在了桌上。

「那麼，開始吧。」

開始？顧晚晴不由錯愕，抬頭看了一眼，正對上鎮北王的雙眼。只這一眼，顧晚晴竟覺頭皮發麻，手腳也軟了一下。鎮北王的模樣並不駭人，相反，還生得長眉挺鼻氣宇軒昂，他看起來頂多三十六、七歲，身上的衣服平整燙貼，髮絲束髻梳得一絲不苟，沒有笑紋的眼角，輕抿的薄唇，看起來就是一個極為嚴肅認真的人。

不過，嚇著顧晚晴的卻是他過分平靜的目光，目光無波，卻隱含肅殺之意，無情得一眼便可讓人寒毛豎立，顧晚晴覺得……這莫非就是傳說中的殺氣？

「開始……什麼？」顧晚晴問出這句話，胸口一陣發悶，完全被鎮北王的氣勢所壓。

鎮北王聞言，目光掃向顧長德。

顧長德欠身道：「還珠來得匆忙，草民未及向她交代。」說罷轉身向顧晚晴道：「王爺征戰沙場多年落下腰痛之症，近年來飽受舊疾所困，此次帶妳前來一是為王妃看病，二是看能否為王爺減輕痛苦。」

原來如此。

她就說嘛，王妃的憂鬱症她大概是沒辦法治的，怎麼顧長德還執意讓她前來？原來是為王爺看病。不過，這件事他顯然可以早些通知自己，王爺也一直在等著她前來治病，可為什麼剛才在花園中時弄得像王爺在府裡純屬意外似的？

想到這裡，她又擔心起阿獸來，要是他在王府裡惹了麻煩，被人捉住，可不是輕易能夠善了的，希望顧明珠能看得住他才好。

鎮北王卻是笑哼了一聲，「臨危受命，顧先生對她的醫術果然是極有信心的。」他雖然笑著，但經由特殊的嗓音詮釋出來，還是帶著一股冷殺之氣。

既然知道要做什麼，顧晚晴就沒那麼緊張了，不過具體怎麼做她還是得聽顧長德的安排，以免說兩岔去。

見她看過來，顧長德馬上開口道：「王爺，還珠有一種推拿之法，配合草民的針灸之術，當祛王爺之痛。」

鎮北王聽了微一點頭，「那就開始吧！」說完起身，轉向花廳一側的偏廳而去。

到了偏廳，自然有人準備按摩床鋪，準備的時候顧晚晴就在琢磨一會該怎麼按，才能既達到目的，又不會讓鎮北王過多的察覺。

顧長德卻是早有準備，床鋪備好後請鎮北王僅著中衣俯臥其上，而後掀起他背後衣服，藉由下針的時候以指尖點了幾處。

顧晚晴當即心領神會，記牢那幾處穴位，待顧長德拔出銀針，她便將早已搓熱的雙手覆於鎮北王的腰眼之處，而後按著之前顧長德比劃過的順序，使出最大力氣依次由那幾個穴位按下，同時心念微動，一股暖意自手心緩緩蔓開。

片刻之後，鎮北王低低的「咦」了一聲，轉過頭來看著顧晚晴，打量她一番後才道：「果然有些本事。」

顧晚晴不敢耽誤手中的治療，對此僅略一點頭，小心的控制著毒素的吸取程度，過了約莫片刻後，她看向顧長德，無聲的說了個「水」字。

顧長德點點頭，讓人備了盆溫水上來，顧晚晴便藉著準備給鎮北王熱敷的機會釋放了毒素，又擰了條溫手巾覆在剛剛按過的地方。

又過一會，顧晚晴上前取下手巾的時候，看到鎮北王腰側有著一道六、七寸長的駭人傷疤，不免多看了兩眼，抬眼時卻又對上鎮北王回轉的目光，「沙場之上，這種傷勢算是輕的。」

這是在對她解釋？

顧晚晴頓時升起一種極為古怪的感覺，不敢應聲，低著頭站至一旁。

那邊鎮北王已在丫鬟的服侍下起身穿衣，顧長德問道：「王爺感覺如何？」

鎮北王沒有回答，看了看顧晚晴，向顧長德問道：「她與聶相家的公子訂過親了？」

顧長德沉聲應是，鎮北王便沒再說話，直到穿戴完畢，臨出門前才又說一句：「讓她把推拿手法教給崔長祿，以後不必叫她過來了。」

當即便有一個總管模樣的太監上前，向顧晚晴欠了欠身。

顧晚晴莫名其妙的，顧長德卻是極為意外的樣子，而後稍有糾結，在那崔公公也出去後，對顧晚晴若有所思的道：「做聶相家的兒媳與做鎮北王的側妃，真不知哪個才是對妳最好的。」

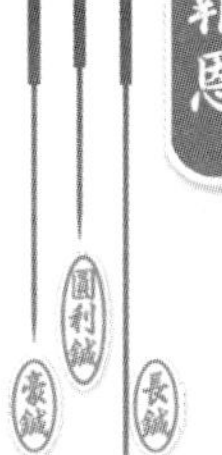

顧晚晴反應了半天才尋思過味來，眼睛瞪得溜圓溜圓的，這老色胚……不，中年色胚！他能當她爹了有木有！

「妳不必去看王妃了。」顧長德看了看一旁計時的沙漏，「妳去找那位小兄弟先離開吧，崔公公這邊我會教他一套按摩手法的。」

顧晚晴本來也認定自己不是為治王妃而來的，此時知道鎮北王只憑著一套按摩手法就想把她收入囊中，心裡囧得無以復加，恨不能馬上飛離這裡。

可等她回到花園中尋找阿獸時，卻只找到了那個引他們進來的小廝，見了她面色極黑，語氣不善的道：「妳帶來的是什麼人！居然衝撞了王妃，要不是王妃心善不予追究，他跑得再快我也得把他抓回來一頓好打！」

「衝撞了王妃？」王妃不是臥病在床嗎？上哪衝撞去？還跑了？顧晚晴越想越不明白，「他跑哪去了？顧家五小姐呢？」

那小廝忿忿的一指大門處，「顧小姐也追著出去了，上哪了不知道！」

顧晚晴當時就急了，也顧不得再問那小廝，拎著裙子就跑出了王府大門，在門外也沒見著送他們來的馬車，應該是顧明珠乘走了，也是啊，阿獸那速度，用兩條腿追是絕對追不上的。

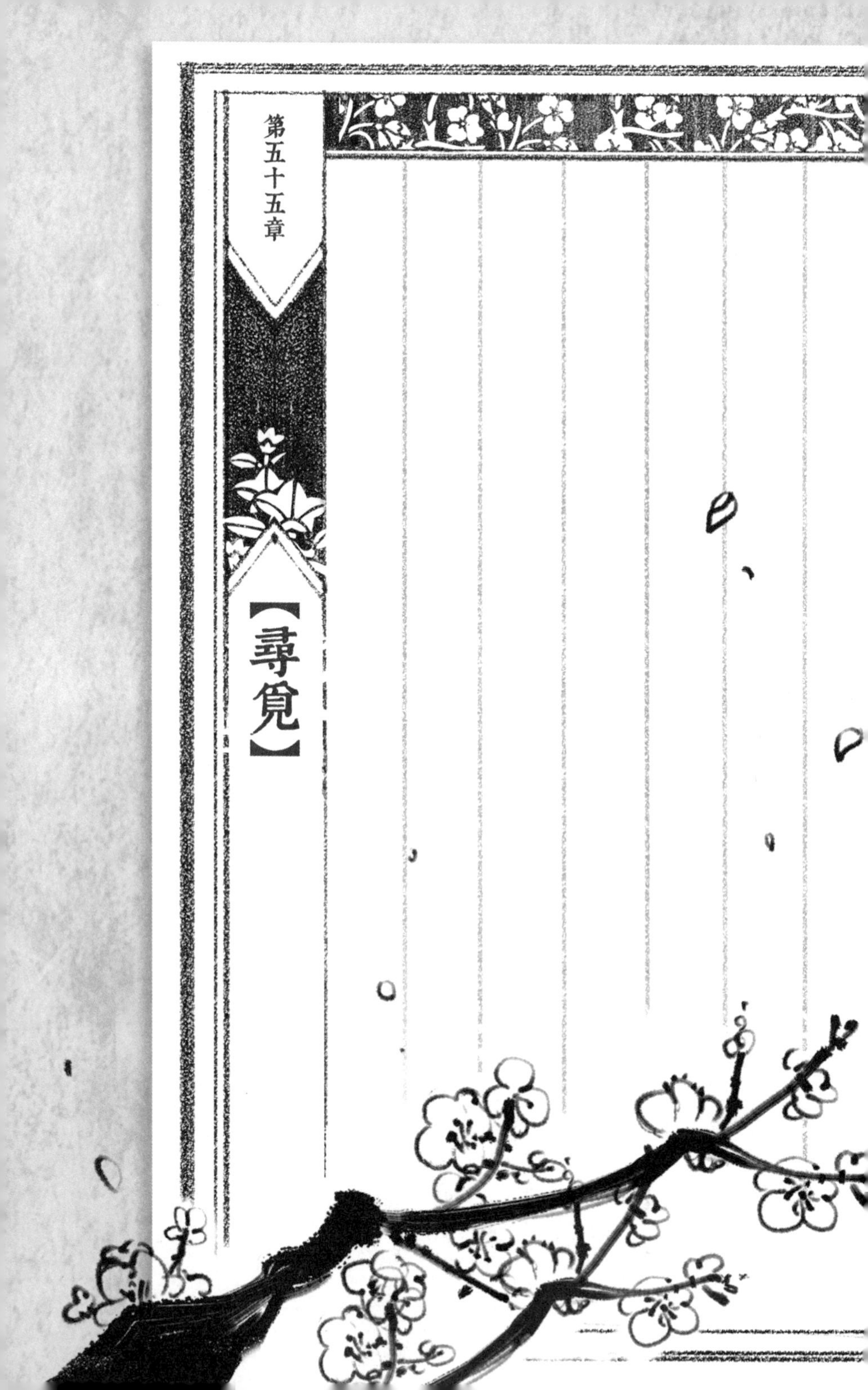

第五十五章

【尋覓】

阿獸能去哪呢？

顧晚晴當即跑到附近的集市上租了輛車，直奔葉家而去。

鎮北王府與葉家相隔甚遠，縱然是乘車也走了小半個時辰。到了家裡，顧晚晴丟下一塊碎銀等不及找零便下了車去，到了門口看著緊鎖的大門才一拍額頭，家裡根本沒有人，就算阿獸回來也進不去屋子啊！於是她又跳上馬車，奔成衣鋪。

可到了成衣鋪又撲了個空，葉顧氏見顧晚晴自己回來還挺奇怪，說早上顧晚晴走後阿獸非要跟著出門，她不放心，關了鋪子跟著阿獸走了兩條街，見他當真懂得跟在顧晚晴的身後這才放心的回來。

「難不成他跟丟了？」

「不是。」

顧晚晴著急的把事情說了一遍，雖然其中多有不明之處，但現在也不是糾結那個的時候，阿獸的去向才是最重要的，天知道他在衝動之下會不會再做出點別的事？要是不小心惹了事被人抓住，他也不會說話，急了還咬人，人家打他都是輕的！

顧晚晴稍稍安撫了葉顧氏後馬上又出門去找，忽然想到，會不會顧明珠已經找到了他，把他帶到顧家去了？

這個念頭剛升起就被她壓下去，不太可能，顧明珠雖然私下與阿獸關係不錯，但斷不會公然把他帶回顧家去，於名聲有損。而且，顧晚晴也相信阿獸肯定是在王府中受了什麼刺激或者驚嚇才會跑的，不然絕不會置與自己的約定而不理，而他一旦冷靜下來，首先也一定會想到自己要去王府的花園找她，就算不回家，也可能再回鎮北王府去。

越想，顧晚晴越覺得有道理，當下便又僱車回王府去，只是這次王府的大門不太好進了，沒有人接應，她被門房攔在門外，而阿獸也並沒有回來。好說歹說，顧晚晴才在銀子的幫助下讓門房幫個忙，如果阿獸回來，請他把阿獸送回葉家，或者給她送個信。

本來顧晚晴從王府出來的時候就已過正午，再來來回回的這麼一折騰，天色就有些晚了，如此一來她更擔心，再次離開王府後便到街上漫無目的的瞎找，碰上有人群圍觀的地方她總要擠進去看看，就怕是阿獸被人圍毆或者碰上什麼意外，可直找到暮色降臨，還是一無所獲。

顧晚晴想著所有阿獸可能去的地方，突然想到了天波樓，之前阿獸不是兩次去天波樓裡「偷」東西嗎？說不定這次又是他的蛇朋友有難，被獵人賣到了天波樓去，需要他幫忙呢？

這個念頭一起，顧晚晴也不管它合不合理了，掉頭就朝天波樓而去，結果，又是敗興而歸。

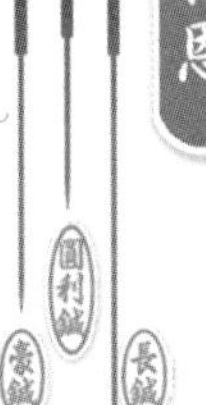

顧晚晴不斷說服自己不要這麼擔心，阿獸有生存能力，就算暫時不回家也不會出問題，可，越勸服自己，她的心裡就越擔心。因為阿獸從沒這樣過，如果他沒出事情，一定早就回家找她了，他怎麼會讓她擔心呢！還有顧明珠，她要是找到阿獸定然也會第一時間通知自己的，可大半天過去了，兩個人一點音訊都沒有。

難道真出了事？出了意外？還是讓人抓了？不管怎麼樣也要讓她知道啊！她現在兩眼一抹黑，想找都無從下手，無力得讓人難過極了。

顧晚晴腦中思緒紛雜，人也跟著恍惚起來，站在天波樓前半天沒移動，也不知過了多久，一個人影站至她身前兩三步遠的地方，問她：「妳怎麼了？」

顧晚晴對準了焦距，便見到聶清遠那張俊秀如玉而又肅穆沉著的面孔，不知怎地，忽覺心中一安。

「我……我在找人……」顧晚晴說完這幾個字，忽然面現懊惱，「我真笨，應該去千雲山的！」

「妳要出城？」聶清遠微一皺眉，「現在？」

顧晚晴抬頭看看天色，已經黑透了，城門早關了。

「很急嗎？」聶清遠的神情沒有絲毫敷衍之色，似乎只要有需要，就算關了城門，他也一樣有辦法出得去似的。

真是權貴子弟啊！顧晚晴心裡感嘆了一句，卻是搖了搖頭。

就算阿獸回了千雲山，今晚趕過去也是沒有絲毫意義，天這麼黑，不可能進山找他的。

「我還是先回……」顧晚晴本是想回鋪子裡去找葉顧氏，一下子又記起之前出來時葉顧氏特別囑咐找到了就回家裡等著，如果阿獸去了鋪子裡，她也會馬上帶阿獸回家會合，免得大家一直奔波。

記起來這事，顧晚晴就改了口風，「……回家。」說完又有點犯愁，葉家離這裡少說也有大半個時辰的路程，現在這個時辰，也找不到馬車了，只能走回去。

「我送妳吧。」聶清遠說這話前稍稍猶豫了下，不過很快他就做了決定，回手指了指停在前方不遠處的馬車。

他的馬車停在路中，看樣子好像是經過這裡，發現了她才停下來的。顧晚晴想了想，沒有拒絕，一來這是人家的好意，二來現在天色已晚，她自己走那麼遠的夜路，害不害怕不說，也不安全。

於是顧晚晴便跟著聶清遠到了馬車旁邊，顧晚晴先上了車，挑起車簾時卻是一愣，藉著天波樓映過來的燈火，她看到還算寬敞的車廂內另坐著一人，栽歪著身子靠在座位上，見了她長眉一挑，「還珠妹妹，好巧啊。」

顧晚晴沒想到傅時秋也在車上，雖然傅時秋與太子交好，聶清遠又是太子手下的少詹事，他們的關係理應不差，但之前顧晚晴都沒見過他們有什麼交集，偶有交談也都是不溫不火的，不像有交情的樣子。

顧晚晴真不想和他共乘，怕他又出什麼壞水，但她人都上來了，聶清遠還在後頭等著上車，她只能避著傅時秋靠著車廂一側坐下，並不理他。

傅時秋哼笑，「我最近有件喜事，妳想不想聽聽？」

顧晚晴扭過頭去假裝沒聽見，又縮了縮腿，給跟著上來的聶清遠讓位置。

「真不聽？妳別後悔啊。」傅時秋伸手用扇子柄碰了碰她的肩膀。

顧晚晴整個人又向內縮了縮，始終把他當空氣。

也不知道傅時秋是厭了耍把戲還是覺得這樣無趣，在顧晚晴躲了他幾次後，他就不再吭聲。

隨著馬車駛離天波樓一帶，外頭的光線愈少，最終，車內漆黑一片，再看不見什麼了。

在這樣漆黑的環境中與兩個男人獨處，臉皮厚如顧晚晴也覺得有些許不自在，因為車廂的局限性，她甚至可以聽到聶清遠的呼吸聲，不自覺的便控制起自己的呼吸，不讓自己的氣息聲過大。不過，聶清遠好像一點不適之意都沒有，呼吸平和穩健，就像他這個人一樣。

顧晚晴也留意到，正常呼吸的好像只有聶清遠，傅時秋的呼吸聲幾乎是聽不到，如果他不是鼻子長在肚子上或者可以用皮膚呼吸，那麼他應該也是和自己一樣，在屏著呼吸聽聲音。

真討厭！鬼鬼祟祟的！

顧晚晴沒意識到她這麼一罵把她自己也罵進去了，反正一想到傅時秋，她就氣不打一處來！

良久過後，馬車漸漸停下，停穩之後，因為聶清遠坐得比較靠近出口，便率先起身下了馬車，

顧晚晴躬著身子剛想跟上，忽覺手腕一緊，已被一隻溫熱的手掌握住。

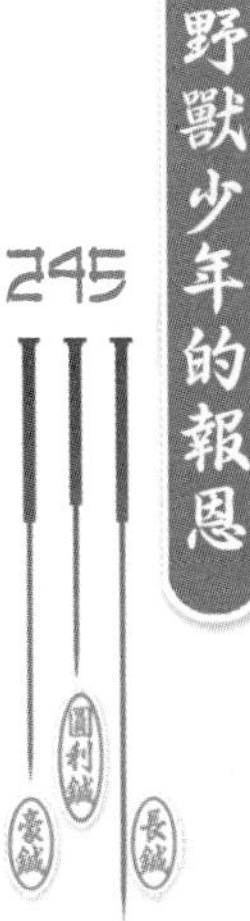

第五十六章

【身世（一）】

「顧還珠。」傅時秋素來輕佻的聲音此時顯得有些低沉，「妳……就這麼無視我嗎？」

顧晚晴掙了一下，沒掙開他的鉗制，心中有氣，當下對著黑暗沒什麼好聲氣的說：「你不是怕我利用你嗎？我不理你，正省了你的擔心！」

話音未落，顧晚晴便覺得自己的手腕疼了一下，是他捏得太緊了。

「我今日……」傅時秋的聲音中帶了些許掙扎，「我今日答應了皇上的冊封，正式歸宗府、入玉牒，為悅郡王。」

顧晚晴不明白他說這些話的意思，以為還有下文，可等了半天，傅時秋卻再不說話了。

「你和我說這些幹嘛？」顧晚晴又轉了轉手腕，可仍是掙脫不了。

「妳！」他語氣中有些狼狽的急迫，「也就是說，我的利用價值增加了！」

顧晚晴本來就不是什麼聰明伶俐的人，聽了他的話後硬是琢磨了一會，才微有恍然。他的意思是……她可以繼續利用他吧？

顧晚晴真想抽他，誰利用他了！全是他自己腦補的！

居然還弄得他挺委屈，她才委屈好不好！

「誰管你是姓袁還是姓傅！」顧晚晴使勁的掙著自己的手腕，再次失敗後朝他冷笑一聲，「況且區區一個郡王，還不夠看吧……啊！」她手腕猛然一痛，疼得她驚叫出聲，卻是傅時秋狠咬了她的手腕一口。

「你這個……」她的指責還未出口，手腕驀然一鬆，黑暗中再無聲音傳來。

「你簡直就是個變態！」

雖然他已放手，可他剛剛咬過的地方疼得透骨，顧晚晴的心情本來就不好，此時更是氣得七竅生煙，也不管找沒找準，撲過去就是一頓亂打，連指甲帶腳的全用上了。傅時秋也不還手，就那麼挺著，吭都不吭一聲。

顧晚晴感覺打夠本了才住手，轉身出了車廂跳下車去。

聶清遠一直等在外頭，從剛剛馬車開始無故晃動起，他就覺得不自在，尤其在車夫錯愕的神情之下，他更覺得不舒服，同時心中隱隱升起一種不快之意，就算她和傅時秋再怎麼情到深處，但她現在畢竟是自己的未婚妻子，有外人在場，怎可……如此沒有分寸！

聶清遠本有些不悅，可等到顧晚晴下了車，他又是一愣，「妳沒事吧？」

「沒事。」顧晚晴伸手揩了下眼角的濕意，扭過頭去不想讓他見到自己過多的狼狽，可心裡的委屈瞬間達到頂點。她手上又痛、心裡又氣，一邊還要擔心著阿獸的安危，一時間只覺得全世界不

好的事情都找上了她似的，而她不管願不願意，只能面對。

「今天謝謝你了。」顧晚晴低著頭走向葉家大門，沒再多說什麼，眼睛裡卻不自覺的轉了淚花，死死忍著。

推門進了院子，顧晚晴才低頭看看自己的手腕，那裡印著一排清晰的弧形齒印，還隱隱透出血絲來，可想而知傅時秋咬得有多重。

這個變態！她到底哪招惹他了！

顧晚晴在門口站了半天，眼淚終於流了出來，也不知是疼的還是委屈的，心裡萬分的不痛快。

這時一個矮個人影從客廳裡跑出來迎向她，「姐，妳怎麼才回來……姐！」葉昭陽驚呼一聲，「妳怎麼哭了！」

顧晚晴拿袖子一抹眼睛，「沒事，我就是有點擔心阿獸……」

葉昭陽愣了下，「獸哥？他怎麼了？他在家啊，還有那位五小姐也在，在屋裡等妳回來呢。」

顧晚晴一聽抬腿就往廳裡走，果然見到顧明珠與阿獸坐在那，見她進來，他們相互交換了一個會心的笑容。

「你們……」顧晚晴一時間有點錯亂，阿獸不是失蹤了嗎？她還找了他一個下午，可怎麼……

顧明珠迎上來，笑容清雅如蘭，「六妹妹回來了我便告辭了。」

顧晚晴更是迷糊，難道阿獸並不是失蹤，王府的那個小廝騙了她？

「不是說……阿獸驚到了王妃，然後……」

顧明珠笑笑，「那只是一點意外，好在王妃沒有追究，現在已經沒事了，讓妹妹擔心了。」她一邊說一邊朝門口走去，臨出門時道：「快回去吧，阿獸有東西送給妳呢。」

顧晚晴極為疑惑，再問什麼顧明珠只笑不答，她也沒有辦法。待送了顧明珠回來，見阿獸一臉笑容的站在院中，手裡拿著一個小盒，十分緊張的模樣。

「那是什麼？」顧晚晴走上前去接過那個盒子。

還沒打開，便聽葉昭陽道：「這是獸哥自己挑的，聽五小姐說，獸哥足足弄了一個下午呢……」

顧晚晴手上的動作當即停住，看向葉昭陽，「什麼一個下午？」

「就是這個禮物啊，五小姐下午帶獸哥去買的，這不剛回來嘛……」

顧晚晴聽完，看了看手中的盒子，又看了看阿獸，心中漸漸湧起一股怒意，她指著手裡的盒子，不敢置信的道：「你花了一個下午的時間，就是跟她去買這個？」

阿獸顯然不明白她的怒氣從何而來，慌了一下，不過看她指著盒子，臉上又泛起一個燦然笑容，急急的把那盒子朝顧晚晴的方向推。

顧晚晴頓時極怒，手上一甩把那盒子扔得老遠！

阿獸一下子呆在那裡，顧晚晴也不管他的神情有多惶恐，忿然道：「你忘了我要回去找你嗎！我跟你說過我會去找你的！你知不知道你跑出去我有多擔心！你知不知道我找了你多久！你知不知道我娘現在還在鋪子裡等你的消息！你呢？居然跟著一個不相干的人消失了那麼久！」

阿獸瑟縮了一下身子，神情又是害怕又是茫然，轉頭向葉昭陽求助。

葉昭陽哪敢惹顧晚晴，小心的擺了擺手。

阿獸又看到地上的那個盒子，走過去撿起來，又走回顧晚晴面前，還要往她手裡塞。

顧晚晴卻是更氣，抬手又把那盒子打掉！

「你買的？你拿什麼買？是你買的還是顧明珠買的？我才不稀罕！」

她一邊說一邊指著大門，「她對你很好啊！那你跟她走啊！反正你根本不在乎我們的感受，還留在這裡做什麼！」

說到最後，她已不是在說，而是在吼了，臉上不知何時布滿了淚水，只覺得自己整個下午快急瘋了的擔心奔波根本全不值得！她到底為什麼要為他這麼擔心？只為了一句輕巧的「讓妹妹擔心了」？

「我現在不想看到你！」顧晚晴使勁推了阿獸一把，「你走！去找顧明珠吧，別留在這！」

阿獸卻是嚇壞了，在看到顧晚晴的淚水後更是慌得手足無措，他幾次抬手想幫她擦淚，都被她打了回來，急得他「嗚嗚」低喚，直到他被推出門外。

「姐……」葉昭陽也被顧晚晴的模樣嚇到了，「也……沒這麼嚴重吧……」

「你閉嘴！」顧晚晴用袖子胡亂擦了擦臉，而後瞪過去，「去鋪子裡把娘找回來！」說完她轉身回屋，關上房門前又朝著準備出門的葉昭陽吼道：「今晚不准讓他進來！要不然把你也關出去！」

葉昭陽縮了縮脖子，開門出去了。

顧晚晴也用力關上了房門，屋裡沒點燈，漆黑一片，剛走幾步她就撞上了凳子，她煩躁得一腳把凳子踢開，點起燈後，又看見桌上針線簍內才做了一半的衣服，氣得要命，抓起來摔到地上就是一通狠踩！

「誰要給你做衣服！你找你的五小姐去吧！」

等把衣服上踩得都是鞋印子之後她又有點心疼，這可是她第一次做針線，特地和葉顧氏學了好久，就這麼踩壞了當真不值得！

大不了，改小了送葉昭陽！

洩了一通火氣，顧晚晴才找出藥布來，又去廚房找了瓶燒酒，挽起袖子看自己手腕上的傷。

變態！

她又罵了一句，燈光下看得清楚，她手腕上的牙印還在，並且十分清晰，過了這麼久還是有血絲滲出，也不知道以後會不會留疤。

「都是變態！變態！」

顧晚晴咬著牙將沾了酒的藥布壓到手腕上，就這麼一下，彷彿刺到骨骼的疼，她的眼淚一下子就湧了出來，正想再來一下的時候，她突然輕抽了自己一個耳光，連忙把另一手覆到傷處。她氣暈頭了，連能力都忘了！

過了片刻，她抬起手來，見手腕上只剩一個淺淺的印痕，可剛才消毒時的疼痛卻依然還在。

「傅、時、秋！」顧晚晴咬牙切齒的，他們的梁子結大了！

當天晚上顧晚晴就在嘮叨聲中度過，葉顧氏回來第一件事就是幫阿獸說情，葉昭陽就在旁邊見縫插針幫忙說情，顧晚晴聽得煩了乾脆回房去，就這樣，也沒同意讓阿獸進院來。

她是氣壞了，氣阿獸、氣傅時秋、連帶著顧明珠都一塊氣了！

這股氣，顧晚晴一直生到第二天早上，才算消減了些。吃早飯時她對葉昭陽說：「把阿獸叫進來吧。」

葉昭陽頭也不抬的說：「獸哥不見了。剛才我拿飯出去，就沒見著他。」說完又看了顧晚晴一眼，「可能真去找五小姐了。」

顧晚晴氣結，她知道葉昭陽是故意這麼說氣她的，當下也不理他，吃完飯就回屋看書，可看了一上午，一個字也沒看進去。

又跑哪去了啊！

難道真去找顧明珠了?還是回千雲山了?顧晚晴剛想了兩個可能，馬上給自己叫停，不想了！一個晚上都忍不了，簡直一點誠意都沒有！他願意去哪就去哪，反正回千雲山他也餓不死！何必再擔心！

強迫自己又看了一會書，到了中午她就迫不及待的前往成衣鋪，一路上不住的左顧右盼，但，

終是沒在哪棵樹後頭或者哪個牆角看到偷偷跟著她的人。

如此過了兩天。

阿獸消失了兩天，這兩天顧晚晴的心情就像潮水一樣，由最初的漲潮狀態不斷回落，由起先的負氣漸漸變成現在的難過……

阿獸真走了嗎？真的不想再回來了嗎……有沒有一點良心！

到了第五天，應該是天濟醫盧看初試過關名單的時候了，可顧晚晴一點精神也提不起來，反正她是作弊的，肯定會過關，有什麼好擔心？

她不上心，葉昭陽可是頂關心她的成績，不管今天是他的假期，自告奮勇的去醫盧看成績，過了一個多時辰他回來，帶來了肯定的消息同時，也帶回了一輛馬車。

「六小姐，二老爺請您到鎮北王府一趟。」說話的是一直跟在顧長德身邊的藥僮。

「鎮北王府？」顧晚晴想著前幾天的事，鎮北王不是說不讓她再去了嗎？怎麼……

雖然心有疑問，但那藥僮催得急，顧晚晴也就同意了，略一收拾便上了馬車，直奔鎮北王府。

到了鎮北王府的時候，顧晚晴見到顧長德就等在門口，心中不由更加狐疑，這怎麼了呢？還親自來接她，難道鎮北王要死了？

顧晚晴一邊亂猜著，一邊跟顧長德進了王府。

顧長德的步伐很快，顧晚晴需要小跑才跟得上。不過顧長德雖然走得急，但到了上次來過的花廳之前，他反而站住了腳，抬頭看著顧晚晴，以目光示意她進去。

顧晚晴更納悶了，「二叔，王爺到底……」

「不要多問，進去便是。」

看顧長德的神情，又好像不是那麼急似的，顧晚晴一頭霧水的踏進花廳，剛進門便是一愣，除了兩個雍容的婦人外，顧明珠與阿獸赫然在座，只是阿獸臉頰紅腫，額上也包著繃帶，竟是受了傷！

「阿獸！」顧晚晴驚急交加，「你怎麼……」

話才問到一半，一個高大的身影不知從何處轉至她面前，隨後她頸子一緊，一隻冰涼的大手鉗在她的頸上，顧晚晴只覺得自己喉嚨一痛，呼吸馬上困難起來，頸上的大手還在緩緩發力，她感覺到自己漸漸窒息，極力張開嘴，只能吸進一點點空氣，她抓上鉗著自己的手，卻撼動不了分毫，她伸手去打掐著她的人，可身高的差距，使得她連對方的衣襟都沾不上一點。

為什麼……

比窒息更為難受的是阻斷血脈的暈眩，她的臉越來越麻，思緒也變得混亂起來，她聽到有人在嘶吼，是阿獸，可……為什麼……她的手無力的垂下，眼睛卻緊盯著身前面無表情的鎮北王，為什麼……

第五十七章

【身世（二）】

「王爺手下留情！」

意識模糊之時，伴隨著阿獸的嘶吼聲，顧晚晴聽到了顧長德的聲音，又聽到數聲女子的驚呼，而後她的頸上一鬆，失去支撐的她跌倒在地，頭還是暈暈沉沉的，人卻在本能的大口喘息，新鮮的空氣瞬間湧入，嗆得她連聲咳嗽，眼淚都咳了下來。

也在此時「嘶——」的裂帛聲響，顧晚晴抬眼望去，便見鎮北王站於阿獸面前，手中已撕去他的半片衣襟，顧晚晴這才看清阿獸的手腳居然是被綁在座位上的，是而剛剛他只是嘶吼，卻無法過來救她。

此時的阿獸面目萬分猙獰，雙眼通紅的齜著牙朝著鎮北王連連咆哮，像一頭發怒的豹子，他身上的肌肉繃得極緊，身子不斷使力，如果不是有幾個下人合力壓住椅子，怕早就讓他連著椅子朝鎮北王衝去了。

鎮北王卻死盯著阿獸身上顯出的紋身，臉上現出極為震驚的激動神色，直到一旁的貴婦有一個哭倒在地，他才仰天長笑，聲如金石，「果然是我的兒子！」

顧晚晴原來還掙扎著起來要去救阿獸，聽了這話身子不由一頓，驚詫的看向他們，又看看顧明珠和顧長德。

「你們……」

顧晚晴喃喃的才發出聲來，鎮北王半側過頭一擺手，「把她帶出去吧。」

當即有下人過來拉顧晚晴。顧晚晴慌亂的躲掉他們的手，直朝阿獸衝了過去，「到底怎麼回事！」

她只走出兩步，便又有下人過來，四人一起將她拉出門去，顧晚晴急得大喊：「讓我和阿獸說說話！阿獸！阿獸……」

阿獸的情緒也是極為激動，口中亂嚷著，眼中也跟著流下淚來。

阿獸越激動，身上的紋案就越明顯，鎮北王乾脆撕去他的上衣，讓整隻麒麟顯現出來，眼中迸出十分滿意的神采，可當他看到阿獸流著眼淚，竟反手一巴掌甩到阿獸的臉上，怒道：「我袁北望的兒子豈可如此沒用！」

顧晚晴心中更急，連伸胳膊帶踹腿的想掙開四人的推拉，可力量相差太過懸殊，沒有懸念的被扔出門外，跟著便又有幾個婆子上前，幾乎是抬著她，把她一路送到王府之外。

此後，無論顧晚晴如何叫喊，王府的大門始終沒再向她開啟過，她折騰了半天精疲力盡，頹然的坐到王府前的石階上，腦子裡空白一片。

不知過了多久，有人將她扶起來，柔柔的聲音傳來，「六妹妹，妳沒事吧？」

顧晚晴回了回神，馬上抓住顧明珠，「到底是怎麼回事？阿獸他……」

一旁的顧長德道：「上車再說吧。」

顧晚晴渾渾沌沌的跟著上了馬車，急著等答案，可顧明珠一直低頭不語，最後還是顧長德開口：「鎮北王世子年紀很小的時候走失了，王爺和王妃一直以為世子遭遇了不測，前些時日王妃無意間見到了阿獸，雖然已過去十二年，可母子連心豈會沒有感覺？只是因為當時阿獸被下人嚇到一走了之，故而沒有繼續追究，事後王妃與王爺說起此事，王爺便要我們再帶阿獸過來，世子身上有自小紋上的麒麟圖案，是真是假，一看便知。」

顧長德說得簡單，倒也清楚，顧晚晴聽了極緩的點點頭，而後又問：「你們是什麼時候帶阿獸過來的？」

顧長德看了眼顧明珠，顧明珠便道：「是四日前，那日我回到家後，忽然想起有事忘了與妹妹交代，便又折了回去，在妹妹家門外見到了阿獸，我看他很難過似的，就帶他回了顧家，不想第二天清晨我們便接到了王爺的命令，就將阿獸帶來了這裡。」

顧晚晴無暇去追究顧明珠到底有什麼事沒和自己交代，「那他身上的傷呢？」

「那是……」

顧明珠稍有猶豫，顧長德接著說道：「紋身是證明阿獸身分的唯一方法，可幾天下來，無論用什麼方法，阿獸一直是沒精打采的樣子，身上的紋身都沒有顯現，聽聞那紋身以特殊方法紋製，只有在興奮或是發怒時才會顯現，所以把妳叫去……實屬被逼無奈。」

所以她剛剛差點被掐死，他們也袖手旁觀嗎？

顧晚晴笑了笑，心尖卻疼了一下，為自己，也為阿獸。這幾天，他一定受了不少折騰。

「一個紋身就能證明阿獸的身分嗎？」再次開口，顧晚晴已冷靜了許多，「會不會有類似的？」

顧長德搖了搖頭，「鎮北王一脈自開國存在起便比較特殊，其祖是太祖皇帝的同胞手足，歷年征戰無一敗績，有其效力，太祖皇帝的開國之路極為順暢，便讚其為『國之麒麟』，並賜麒麟紋身。在那之後中，歷任鎮北王世子長到三歲時便會在其身上紋刺麒麟，以示他與其他子女的不同，同輩的麒麟不論品性如何都只有一隻，以此杜絕有人因世子之位大興干戈，同樣的紋身王爺身上也有，所以絕無認錯的可能。」

聽完這番話，顧晚晴沉默了好久，最後低聲輕喃：「我想看看他……」

顧長德沒有回答，顧晚晴也知道這件事很難，只從鎮北王將她趕出王府來看，她是絕計無法輕易進到王府中去的。

「二叔再去王府的時候，我能不能扮作隨行的藥僮……」

「還珠。」顧長德聲音低沉，面上也看不出絲毫心思，「王府豈是亂闖之地？妳也看到王爺今日的態度，如果妳的假扮一旦被戳穿，連累的不止是妳，還有顧家，妳該為大局著想才是！」

大局大局！顧晚晴心中已是極不耐煩，大局與她何干？

顧明珠輕輕抿了下唇，終於開口：「六妹妹不必擔心阿獸，他既能認祖歸宗，自然會得到極好的待遇，況且鎮北王世子失而復得是一件大事，皇上必會召見，阿獸入世時間甚短，也需要時間來學習禮儀，暫時不見妳也是好的，否則他定會分神，想跟妳回來的。」

說到這裡，顧明珠頓了頓，認真的看著顧晚晴道：「但事實上……他是不可能再回來的，鎮北王府就是他以後的家，而他，將會是下一個鎮北王。」

這些話對顧晚晴而言不啻於一盆冷水，她之前還一直心存僥倖，覺得會不會是弄錯了，阿獸就是一個小野人，怎麼可能會是什麼鎮北王世子！葉家還要正式認養他，葉明常已經取得了鄰村獵人的手印，證明阿獸是個深山棄兒，待下次回來他們就要將這些證明提交給順天府，以此來為阿獸申請戶籍，接下來阿獸就會正式成為葉家的一員，開開心心的和他們生活下去，怎麼……

「六妹妹放心，王爺只是不希望阿獸過於依賴妳，待阿獸熟悉了王府後，相信王爺會同意讓你們見面的。」

一句安慰，倒也聊勝於無。

顧晚晴回到家後，趕上葉明常回來，葉顧氏也提前關了鋪子回來相聚。見到顧晚晴失魂落魄的回來，頸子上還印著一個青黑的手印，都嚇壞了，連忙詢問。顧晚晴勉強笑了笑，又撐著笑容向他們講了一遍今天的事。

葉氏夫婦驚愕不已。好半晌，葉顧氏才回過神，慌道：「阿獸竟是鎮北王世子？我……我以前還打過他，這可如何是好……」

葉顧氏的話讓顧晚晴失笑，她所謂的「打」，不過是阿獸沒有洗手就伸手去抓飯菜，被她拍了幾下而已，她是沒見識到今天鎮北王的威風，那一個耳光……阿獸是他失而又得的親子，才剛見面，他竟也狠得下心、下得去手！

當天的晚飯顧晚晴沒心思吃，葉氏夫婦也沒心思做，一直在尋思以前有沒有虐待過阿獸，要是

改日鎮北王府來人算帳可怎麼辦？倒是葉昭陽，自聽到這個消息後就雀躍不已，一個勁兒的打聽要怎麼才能再見到他的獸哥。

顧晚晴也想見呢。

回了房間，顧晚晴發了會呆，拿起桌上已縫了四分之三的衣裳，一針一針的縫了起來，雖然之前負氣曾想過把衣服改小送給葉昭陽，但，終是沒有。

此後的日子，顧晚晴隔三差五的便去鎮北王府探聽情況，可鎮北王府對她防範甚嚴，累計收了她不少好處的門房最後看不過眼，勸她道：「王爺嫌世子爺性子軟弱，連王妃都不許隨意探看，怕把他寵壞了，姑娘妳還是別費力氣了。」

越這麼說，顧晚晴心裡越急。軟弱？阿獸一點都不軟弱，否則如何在森林中存活至今？他會流淚只是因為看到她被人傷害又無能為力，那是一種感情，怎可稱之為軟弱？堂堂鎮北王怎地連這點道理都不明白！

不過腹誹歸腹誹，對於進入鎮北王府她還是一點辦法都沒有，如此過了一個多月。

這期間，鎮北王府派人來與顧晚晴接觸過，卻只是詢問找到阿獸的經過，又讓她領著去了阿獸棲居的地方，顧晚晴本想趁機要求見阿獸一面，可惜，還是不行。

顧晚晴只帶著他們去了阿獸居住過的那個山洞，大山深處的那間醫廬卻隱去沒說，她想，就連帶她去，阿獸也是幾經掙扎，想必那處所在是他心中一個不願與他人分享的秘密，如果將來阿獸自己告訴了鎮北王，那另當別論，可現在，那還是阿獸的秘密，不能由她來揭曉。

況且，這其中還有許多未解之事，比如，阿獸明明是於鬧市走失，為何會來到離京城那麼遠的千雲山，又與一個神秘人物一同生活在深山之中？而這些事她並不想知道，也不想參與太多，她只是想知道阿獸的近況，僅此而已。

發生了這些事的同時，天醫的選拔也在有條不紊的繼續著，這期間天醫的篩選又過去三輪。

這日又是放榜之日，一早起來，顧晚晴拗不過葉昭陽的拉扯，跟著他到天濟醫廬來看成績。

經過數次篩選後，選拔天醫的參選人數已由原先的四百多人降至不到五十人，顧家的子弟大多在榜，顧長生與顧明珠名列前茅，顧晚晴雖然近來疏於看書，但有大長老的暗中關照，過關自然不成問題。

看過成績之後，葉昭陽直接去上學了，顧晚晴則離開醫廬，信步朝家裡走去。

不知道這一個多月阿獸是怎麼過的。顧晚晴始終忘不掉鎮北王的那一巴掌，這種鐵腕教育下，阿獸受不受得了？

顧晚晴一邊走神一邊前進，不覺走到鬧市，偶然聽到路過兩人討論著「鎮北王府」，連忙打起精神追過去問，那兩人便給她指了方向，「城門處貼著告示呢，自己去看吧。」

這裡離城門不遠，顧晚晴急忙趕了過去。告示欄前已集聚了許多人，她用力擠進去，看那張寫著鎮北王府消息的告示。

告示是泰安帝的手諭，撇去大段的鎮北王連著平定敵國的傲人事蹟，大意為鎮北王尋回失蹤世子，特公告天下以正其名，世子袁授不日會隨鎮北王前往關邊接受訓練，皇室會派重臣相送以示對鎮北王的敬重云云。

袁授……顧晚晴心裡一陣發澀，原來他當日說出的「獸」字是「授」，他真的在說自己的名字，而她卻可笑的把他與野獸相提並論。

他要走了嗎？以後還回來嗎？

顧晚晴重新將目光投於告示之上，看到「重臣相送」時，目光微閃。

第五十八章

【送別】

往後兩天，顧晚晴又去找了顧長德，他避而不見，讓顧晚晴十分抑鬱。

又過了一天，顧明珠找上門來，說鎮北王離開之前她會與顧長德再去鎮北王府為王妃看診，問顧晚晴有沒有什麼話想轉給阿獸，或者帶點東西。

顧晚晴本是心動的，給阿獸的那件衣服她已經做好了，可想了想，終還是沒說出來，不是她不相信顧明珠……只是有了上次她差點被掐死的事，她對顧明珠以及顧長德，再生不出什麼好感了。

拋開去求傅時秋那個變態的念頭，顧晚晴抱著儘管一試的態度，託人給聶清遠遞了個消息。

她本是沒抱什麼希望的，不想到了鎮北王離京的日子，一個自稱是相府下人的小廝便上了門，交給她一套小廝的衣服，囑咐她快點換上。

顧晚晴也說不清是什麼心情，這段時間她求遍了人，最後偏偏是她這個最冷漠的未婚夫幫了她的忙。

她乘著車一路到了相府之前，正趕上聶清遠從府中出來，門外另有一輛馬車相候。聶清遠看了看顧晚晴，又看看她帶著的小包，沒說什麼，指了指馬車，便自己先上去了。

顧晚晴跟在他身後上了車，低頭坐在鄰近出口處，不斷捏著自己的小包，一言不發。

聶清遠也沒有言語，直到馬車行駛了一會後，他才淡淡的道：「我今日是隨太子送鎮北王出京，在場官員眾多，我離得不會太近，妳或許只能遠遠瞧上一眼。」

顧晚晴緊了緊捏著小包的手指，無奈的點了點頭，這才抬頭看了他一眼，小聲說：「謝謝你啦……」

聶清遠根本沒有回答。

顧晚晴又忍不住多看了他一眼，才發現他今天穿著藏青色的官服，他平時已經夠正經了，今天又添了幾分嚴肅，擴大了他身上散發出的距離感。

二人一路無話，馬車急馳出京城北門後便漸漸放緩，最終完全停下。

顧晚晴先下了車，見這裡已停了不少的馬車，遠處還搭著涼棚，一些身著官服的官員候在那裡。

聶清遠也下了車，在他剛從車廂中出來的時候，便有一道戲謔笑語傳來，「聶少詹士不是不來嗎？怎麼又改了主意，來湊熱鬧？」

這聲音……顧晚晴低下頭去，不想在這裡和討厭的人置氣。

傅時秋聲音剛落，另一道溫和含笑的聲音在後方傳來，「是啊，前天特地和我推了南下的差

事，又和陳詹士調了班才能過來，我也納悶呢。」

顧晚晴微微回頭，便見太子袁祉玄正從車上下來，與他們竟是腳前腳後到的。

聶清遠整整衣冠前去拜見太子，顧晚晴向旁邊躲了躲，她是偷偷跟來的，越少人發現越好。只是，這大概只是個美好的願望。

她已經盡量低頭站在馬車一側了，不多時後，還是有一雙繡著祥雲暗紋的錦靴停到了她的面前，跟著哼笑聲起，「我就說嘛，那小野人走，妳會不來送他？」

顧晚晴聽到他的聲音就一肚子氣，也不抬頭，低著頭假裝沒聽見。

「我倒挺好奇，妳用什麼方法收買了我們處處以國事為先，從不講情面的聶少詹士？居然能讓他放棄國家大事，帶妳來這裡？」

顧晚晴還是不吭聲，這說法剛剛太子已經提過了，只是她不敢想聶清遠是為了她而放棄南下特地來這裡的，可能嗎？肯定是另有原因。

「我也得佩服妳的運氣啊。」雖得不到回答，但傅時秋仍鍥而不捨的繼續和她說話，「隨便撿個小野人，居然是鎮北王世子……如何？又多了一個選擇？」

顧晚晴打算沉默是金到底了，不論他說什麼，就是不抬頭。冷不防他伸手過來抓住她的手腕，她馬上使勁的掙，忽而聽到一聲：「輕點。」

那聲音低沉而充滿無奈，和剛剛奚落她的聲音判若兩人，顧晚晴剛剛一怔，袖口已被他推了上去，他就那麼半握著她的手腕，仔細的看。

「好得還真快。」傅時秋丟下她的手轉身就走了，似乎有點失望似的。

顧晚晴咬了咬唇，她腕上的傷是好了，可那天把酒沾上去消毒的那種疼是她至今也忘不了的，想到他那麼狠的咬她一口，她就恨得牙癢癢的。

傅時秋走後不久，聶清遠就回到了她的身邊，同樣的寡言，只說了一聲：「走吧。」

顧晚晴馬上緊跟住聶清遠，在太子的帶領下往涼棚那邊而去，在各方拜見太子的熙攘過後，一個小公公快步奔來，至太子身邊道：「鎮北王的隊伍已出北門了。」

顧晚晴回過頭踮高了腳尖看去，可因為她的身分是小廝，只能站在一眾官員之後，向上竄了半天，也只是見到有大隊人馬出了城，人卻一個都沒看清。

向聶清遠那邊看過去，有心再請他幫幫忙，可目光剛轉過去，便對上傅時秋那雙漫不經心的雙眼，顧晚晴瞪他一眼，這才低下頭來，告訴自己別急，這才剛剛開始。

等了一會，鎮北王的隊伍行至涼棚不遠外停住，這才能看清人了，為首的一匹駿馬上乘著的正

是鎮北王，他勒住馬韁跳下馬來原地單膝跪地，給太子見禮，太子便帶領一眾大臣上前去，親自扶他起來，當下又有下人奉上美酒，眾人飲之，權作送別之意。

這種場合顧晚晴自然是無法上前的，只能在涼棚附近遠眺著尋找阿獸的身影，可找了兩圈，二百來人的隊伍中就是沒見到阿獸，隊伍中倒是有一些馬車，可阿獸會在車上嗎？他暈車啊。

顧晚晴急得直撓頭，又不能跑到隊伍中去看，只能一遍又一遍的在隊伍中篩查，直到禮炮三響，鎮北王一行到了啟程的時候。

難道就這麼錯過了？

看著漸漸行進的隊伍，顧晚晴抓著手裡的衣服包難過得差點沒掉下淚來，她正式對阿獸說的最後一句話竟然是趕他離開，他一定傷心死了。

「幹什麼擺這副死樣子？」

不滿的聲音居高傳來，顧晚晴抬頭，傅時秋騎在馬上，輕睨著她。

「拿來。」他對她伸出手。

顧晚晴一時沒弄懂他的意思，便見他彎下腰來拿她手裡的包袱，顧晚晴扯了兩下也沒扯過他，眼睜睜的見他搶了衣服催馬走了。

「還給我！」

顧晚晴追了幾步，卻見傅時秋直奔著鎮北王而去了，趕上他，也不知說了什麼，鎮北王便伸手指了指後方的一輛馬車。傅時秋又縱馬過去，勒馬慢行於那輛馬車之外，掀開車窗簾朝裡看了看，看了半天，才把那衣服塞進車裡，而後撥轉馬頭，也不回涼棚這邊，朝著城門的方向揚長而去，竟是直接走了。

第五十九章

【危機】

望著迅速沒入城門的背影，顧晚晴的心緒一時有些複雜……不，複雜是的他才對，又欺負她，又幫她。

「我要隨太子入宮……」

聶清遠的聲音乍然從身後傳來，顧晚晴回過身去，又聽他說：「我叫人送妳回去。」

聶清遠沒什麼神情，目光卻是若有所思，看在顧晚晴眼中，便解讀為「看吧，還說你們沒有關係」。

顧晚晴馬上低下頭去，她不知該怎麼解釋，也無法解釋，傅時秋的種種所為已使得她有些察覺，可她不太願意往那邊想。

她跟傅時秋？至少到目前為止，她從未想過他們會有什麼發展。

不過，要不要跟他說一聲謝謝呢？顧晚晴摸了摸被他咬過的那隻手腕，一時有點猶豫不定。

聶清遠與太子同乘去了宮中，顧晚晴乘著聶清遠的馬車回到家裡，臨下車前，理不清心中糾結，她還是問了悅郡王的府邸所在，這才回了家。

整個下午，顧晚晴都過得渾渾沌沌的，一會想到阿獸收到那件衣服會不會開心，一會想到聶清遠到底為什麼突然改了主意去送鎮北王，又不可避免的想到傅時秋，腦子亂哄哄的，人也沒精神，乾脆去睡覺。

不知過了多久，顧晚晴被拍門聲驚醒，又聽到葉昭陽帶著哭音的喊：「姐！妳快出來！」

顧晚晴連忙下了地，頭也顧不得梳就出了房間，便見葉顧氏手中拎著掃帚正滿院子的追著葉昭陽打。

「怎麼了？」顧晚晴奔過去拉住葉顧氏，回頭朝葉昭陽道：「你幹什麼又氣娘？」

「我沒有啊！」葉昭陽一個勁的抱屈，「姐，妳快和娘說，那塊玉是獸哥買來給妳的，不是我偷的。」

葉顧氏當即怒道：「還說謊！阿獸哪來的銀子買那東西！還把你姐也扯下水。」

顧晚晴這才見到葉顧氏另一手拿著一個小盒，正是之前阿獸想要送給她的那個。

葉昭陽都快哭了，「姐……」

顧晚晴嘆了口氣，搶過葉顧氏手中的掃帚，「他說的是真的。」

這東西她一開始沒要，把阿獸趕出門去後葉昭陽又拿來給她，她仍是負氣沒接，就給了葉昭陽了。不過她一直也沒看盒子裡的是什麼，此時接過來打開，見到盒中放著一塊半個巴掌大小的青色圓形玉石，還算不上玉珮，因為它並無任何雕刻鏤花，只打磨成一個圓形而已。

這塊玉摸起來手感倒是好的，又是阿獸自己選的……顧晚晴把玉拿在手裡看了看，想到現在已與阿獸天各一方，將來兩人的生活也未必會有什麼交集，心情不由又低落起來，不過在摩挲那玉的時候，覺得玉石背面有些凹線，翻轉過來……她怔了怔，心，不由自主的酸了起來。

光潔的玉面上，歪歪扭扭的刻著一個「晴」字，原來他想送她的從不是什麼玉珮，而是這個字。

她無法想像，阿獸用勺子都會抖的手是如何在這麼小的地方刻下這個字，他練了多久？犧牲了多少睡覺的時間？她打掉這個盒子的時候，他又是多麼的難過？而她，卻只知氣他和別人往來甚密。

握著那塊玉，想到自己那天把他罵出去的情景，顧晚晴只覺眼眶發熱，她馬上低下頭跑回房間，不理葉顧氏憂心的追問，關上房門，才任自己的眼淚流下來。

她一定讓他傷心了。

隨後幾天，顧晚晴的心情一直不太好，直到又一次臨近天醫選拔，她才算有了點精神。

阿獸是顧晚晴到這裡後，第一個無須提防就能完全信賴的朋友，在她心中，阿獸的地位十分重要，她甚至已做好了將他視為家人，就這麼一起生活下去的準備，可就在一切準備就緒前，阿獸找到了他的家人。

那是真正的家人，帶著血緣關係的家人，就算她是阿獸的「救命恩人」，也不可以斬斷他們聯繫的家人。所以，就算再捨不得，她還是沒辦法留住他。現在阿獸已經走了，一切都已成定局，她的生活也得繼續下去。

她近來的確過於分神了，別說學習醫術，就連看醫書的時間都少得可憐，若不是大長老處處關照，恐怕她早在第一輪就被刷下去了，以後可是要為自己的前途專心努力了，她不能在失去了阿獸後，又失去人生中另一樣非常重要的東西。

《天字醫號02》完

敬請期待更精彩的《天字醫號03》

【第二帖】

養成：

獸獸　一隻
虎皮裙　半條
愛心　三兩
無奈　二分
暴力　隨時

紛亂
01
凌舞水袖 × lemonlait
創世紀
悲催世界——
姐的苦，你們懂嗎！?

奇幻愛情
知名文學網VIP
Google搜尋排名前10
你究竟是誰……？
讓我畏懼、困惑，又不自覺的想要靠近……
-觸動✳星星之眼的淚-
星神魔女
01
OVEL 魔女星火
ILLUST 水梨
前生的遺憾 今世的再逢
流轉時光，曠古千年の愛戀。
背負罪孽的惡鬼 與 眼藏辰星的少女
靈魂的共鳴，讓兩人 相遇 ，
又讓他們再度 靠近 ……
也許，命運早在一開始就計算好了？
12/26 以靈魂為誓
多詳細內容請搜尋★
不思議工作室_
立即搜尋
典藏閣
采舍國際
www.silkbook.com
版權所有© Copyright 2012

飛小說系列045

天字醫號02

野獸少年的報恩

出版者■典藏閣
作　者■圓不破　　繪　者■Welkin
總編輯■歐綾纖
製作團隊■不思議工作室
郵撥帳號■50017206 采舍國際有限公司（郵撥購買，請另付一成郵資）
台灣出版中心■新北市中和區中山路2段366巷10號10樓
電　話■(02) 2248-7896　　傳　真■(02) 2248-7758
物流中心■新北市中和區中山路2段366巷10號3樓
電　話■(02) 8245-8786　　傳　真■(02) 8245-8718
ISBN■978-986-271-324-2
出版日期■2013年2月

全球華文國際市場總代理／采舍國際
地　址■新北市中和區中山路2段366巷10號3樓
電　話■(02) 8245-8786　　傳　真■(02) 8245-8718

新絲路網路書店
地　址■新北市中和區中山路2段366巷10號10樓
網　址■www.silkbook.com
電　話■(02) 8245-9896
傳　真■(02) 8245-8819

線上總代理：全球華文聯合出版平台
主題討論區：http://www.silkbook.com/bookclub　◎新絲路讀書會
紙本書平台：http://www.silkbook.com　◎新絲路網路書店
瀏覽電子書：http://www.book4u.com.tw　◎華文電子書中心
電子書下載：http://www.book4u.com.tw　◎電子書中心（Acrobat Reader）

☞您在什麼地方購買本書？☜

□便利商店＿＿＿＿＿市／縣＿＿＿＿＿＿＿＿＿＿便利超商

□博客來　□金石堂　□金石堂網路書店　□新絲路網路書店　□其他網路平台

□書店＿＿＿＿＿＿＿市／縣＿＿＿＿＿＿＿＿＿書店

姓名：＿＿＿＿＿地址：＿＿＿＿＿＿＿＿＿＿＿＿＿＿＿＿＿＿＿＿＿

聯絡電話：＿＿＿＿＿電子郵箱：＿＿＿＿＿＿＿＿＿＿＿＿＿＿＿＿＿＿

您的性別：□男　□女

您的生日：＿＿＿＿＿年＿＿＿＿＿月＿＿＿＿＿日

（請務必填妥基本資料，以利贈品寄送）

您的職業：□上班族　□學生　□服務業　□軍警公教　□資訊業　□娛樂相關產業

□自由業　□其他＿＿＿＿＿＿

您的學歷：□高中（含高中以下）　□專科、大學　□研究所以上

☞購買前☜

您從何處得知本書：□逛書店　□網路廣告（網站：＿＿＿＿＿＿＿）　□親友介紹

（可複選）　□出版書訊　□銷售人員推薦　□其他

本書吸引您的原因：□書名很好　□封面精美　□書腰文字　□封底文字　□欣賞作家

（可複選）　□喜歡畫家　□價格合理　□題材有趣　□廣告印象深刻

□其他＿＿＿＿＿＿＿＿＿＿

☞購買後☜

您滿意的部份：□書名　□封面　□故事內容　□版面編排　□價格

（可複選）　□其他＿＿＿＿＿＿＿＿＿＿

不滿意的部份：□書名　□封面　□故事內容　□版面編排　□價格

（可複選）　□其他＿＿＿＿＿＿＿＿＿＿

您對本書以及典藏閣的建議＿＿＿＿＿＿＿＿＿＿＿＿＿＿＿＿＿＿＿＿＿＿＿＿＿

＿＿＿＿＿＿＿＿＿＿＿＿＿＿＿＿＿＿＿＿＿＿＿＿＿＿＿＿＿＿＿＿＿＿＿＿＿

未來您是否願意收到相關書訊？□是　□否

未來若有校園推廣您是否願意成為推廣大使？□是　□否

✎感謝您寶貴的意見✎

✌From＿＿＿＿＿＿＿＿＿＿＿＿@＿＿＿＿＿＿＿＿＿＿＿＿＿＿＿

♦請務必填寫有效e-mail郵箱，以利通知相關訊息，謝謝♦

印刷品

請貼
3.5元
郵票

235 新北市中和區中山路二段366巷10號10樓

華文網出版集團　收

（典藏閣－不思議工作室）